Helga [illegible]

ULRICH MAIER

Gift im Brezelteig

ULRICH MAIER

Gift im Brezelteig

Kriminalroman

GMEINER SPANNUNG

Personen und Handlung sind frei erfunden.
Ähnlichkeiten mit lebenden oder toten Personen
sind rein zufällig und nicht beabsichtigt.

Besuchen Sie uns im Internet:
www.gmeiner-verlag.de

Im Ehnried 5, 88605 Meßkirch
Telefon 07575/2095-0
info@gmeiner-verlag.de

2. Auflage 2015

Lektorat: Claudia Senghaas, Kirchardt
Herstellung: Mirjam Hecht
Umschlaggestaltung: U.O.R.G. Lutz Eberle, Stuttgart
unter Verwendung eines Fotos von: © Blueberry – Fotolia.com
Druck: GGP Media GmbH, Pößneck
Printed in Germany
ISBN 978-3-8392-1772-6

Bäringen und Schoppendorf sind erdachte, aber typische Orte mitten in Baden-Württemberg. Bäringen schmiegt sich in ein idyllisches Waldtal der Sulz, umgeben vom Bäringer Bergland. Das Sulztal öffnet sich in Richtung Schoppendorf, das zwischen ausgedehnten Weinberghängen in einem weiten, sonnigen Talkessel liegt.

Um keine Missverständnisse aufkommen zu lassen: Die Handlung und alle darin vorkommenden Personen sind frei erfunden und dennoch mitten aus dem Leben gegriffen. Auch eine erfundene Geschichte benötigt einen realistischen Hintergrund, besonders, wenn sie in der Gegenwart spielt und auf aktuelle gesellschaftliche und politische Fragen Bezug nimmt.

Denn was ist eine Novelle anders
als eine sich ereignete unerhörte Begebenheit.
(Goethe, Gespräch mit Eckermann, 29.1.1827)

FREITAG, 10. MAI

Ach du Scheiße! Als ob ich es geahnt hätte! Wie war ich nur auf die Idee gekommen, auf der Straße in meinem besten Anzug Döner zu futtern, kurz vor dem lange erwarteten Gespräch, das meinem Leben die entscheidende Wende geben sollte!

Mit der Papierserviette versuchte ich, so gut es ging, den Fleck von der Hose abzutupfen. Den restlichen Fladen streckte ich mit der linken Hand weit von mir. Die weiße Soße tropfte auf den Asphalt und hinterließ dort kleine Sternchen.

In 20 Minuten sollte ich da sein und hatte nur eine grobe Ahnung, wo das Echohochhaus zu finden sei. Direkt in der City, nicht zu verfehlen, hatte man mir am Telefon gesagt. Hätte ich doch einen Zug früher genommen! Ein Navi für Fußgänger müsste man haben!

»Musst du zurückgehen, weißt du? Zum Bahnhof und dann die Bahnhofstraße immer geradeaus.« Der nette Verkäufer in der Dönerbude hatte mir den Weg mit vielen Gesten wortreich beschrieben und mir anschließend eine Orange geschenkt, die nun meine Jackentasche ausbeulte. Ich schob das letzte Stück Döner in den Mund, wischte meine Finger an der Serviette ab und machte mich mit der zusammengeknüllten Papierkugel in der Faust auf den Weg. Irgendwo auf dem Bahnhofsvorplatz würde ich einen Abfallbehälter finden.

Die überdimensionale Bahnhofsuhr kam immer näher. Während schläfrige Mittagshitze über dem Bahnhofsvorplatz lastete und die Luft über dem Straßengrau zum Flimmern brachte, rückte ihr Sekundenzeiger gnadenlos vor.

Vor dem lang gestreckten Bau aus den 50er-Jahren hielt eine Straßenbahn. Ich rief dem Fahrer durch die geöffnete Tür zu, ob diese Linie zum Echohochhaus fahren würde. Der faltete umständlich seine Zeitung zusammen. *Schoppendorfer Echo* erhaschte ich, bevor er sie in eine Ablage neben dem Fahrersitz steckte. Dann warf er mir einen gelangweilten Blick zu, nickte und gab zögernd Auskunft. Ja, er fahre in die Stadtmitte, Kaiserallee, von dort seien es nur noch ein paar Schritte.

Ich schob ihm einen Fünfer hin, er gab mir heraus, drückte mir den Fahrschein in die Hand, lächelte mitleidig und hielt mir seine Zeitung unter die Nase.

»Sie können sie haben, wenn Sie wollen, ich habe sie ausgelesen.«

Ich nahm dankend an und betrachtete es als gutes Omen, dass das Blatt, bei dem ich künftig arbeiten sollte, offensichtlich schon den Weg zu mir suchte, setzte mich vorn in die Nähe des Fahrers und schlug den Regionalteil auf.

»Bäringer Schule kommt nicht aus den Schlagzeilen:

Opfer eines Gewaltverbrechens auf dem Schulhof spurlos verschwunden«

Neugierig begann ich weiterzulesen.

»Passanten entdeckten am frühen Mittwochabend in einem Gebüsch bei der Bäringer Schule den leblosen Körper eines Mannes. Der sofort verständigte Notarzt konnte keine Lebenszeichen mehr feststellen, bemerkte allerdings im Gesichtsbereich Spuren erheblicher Verletzungen, sodass ein Gewaltverbrechen nicht auszuschließen ist.

Da das Opfer keine Papiere bei sich trug, konnten vor Ort keine Personalien ermittelt werden. Eine erkennungsdienstliche Untersuchung sollte am Donnerstagvormittag im Krankenhaus stattfinden. Die Klinikleitung teilte den erstaunten Beamten jedoch mit, dass der Unbekannte spurlos verschwunden sei. Die Polizei steht vor einem Rätsel. Haben die Täter ihr Opfer aus dem Krankenhaus verschwinden lassen? Warum ausgerechnet der Bäringer Schulhof …«

Ich legte das Blatt beiseite, betrachtete die Häuser der Bahnhofsvorstadt, die an mir vorübereilten. Versicherungen, Hotels, Verwaltungsgebäude der Deutschen Bahn, gesichtslose Moderne zwischen wenigen braunen Sandsteingebäuden aus der Vorkriegszeit, dann die Brücke über den Neckar in die Innenstadt, das imposante historische Rathaus gegenüber der Michaelskirche.

Die Straßenbahn verlangsamte ihr Tempo in der belebten Fußgängerzone, und das Angebot änderte sich: Apotheke, Boutique, ein Laden der Telekom, wieder eine Boutique – mein Gott, wer soll das alles anziehen! –, Commerzbank, Spielsalon. Die Bilder deutscher Innenstädte sind austauschbar geworden, Spiegelbilder unserer Wohlstandsgesellschaft – oder was noch davon übrig ist. Meine Gedanken bekamen Flügel. Wie hatten diese Straßen vor 50 Jahren ausgesehen, wie vor 100 oder 200? Wie würden sie in 50 Jahren aussehen? Würde ich sie dann noch erkennen, wenn ich noch lebte?

»Nächster Halt: Kaiserallee.«

Die unwirklich samtene Stimme aus dem Lautsprecher schreckte mich aus meinen Gedanken. Sicherheitshalber drückte ich den roten Signalknopf und schaute zum Fahrer, der mir wortlos zunickte.

Ich stieg aus und blickte auf die Uhr. Noch fünf Minuten. Hastig kramte ich aus der Innentasche des Jacketts das Einladungsschreiben: Kaiserallee 66. Mein Blick flog von Haus zu Haus. Weshalb gab es in dieser verdammten Straße keine Hausnummern?

»Wo wollen Sie denn hin?«

Eine Mutti mit Kinderwagen hatte mein Problem erkannt. Sie saß auf einer Bank unter dem Vordach der Haltestelle, eine Hand am Wagen, und schaute mich belustigt an. Meine Hilflosigkeit schien sie zu amüsieren. Geduldig hörte sie mir zu, während mich die großen Augen ihres Babys anstaunten. »Da drüben, sehet Se's net?« Sie zeigte auf ein Gebäude, wenig höher als die dreistöckigen Bauwerke der Umgebung, in riesigen Buchstaben auf dem Dach *Echo*. Das Echohochhaus hatte ich mir eindrucksvoller vorgestellt.

»Danke, Sie haben mir sehr geholfen.«

»Oh bitte, war mir ein Vergnügen.«

Machte sie sich lustig? Auch das Baby begann zu kieksen. Kurz durchatmen. Es wird schon schiefgehen, sagte der Turmbauer von Pisa. Ich hastete zum Eingang, eilte durch die Halle zum Schalter, erkundigte mich nach Rita Delbosco, Ressortleiterin für den Regionalteil.

Die Dame am Empfang zog die Augenbrauen hoch, überflog das Schreiben, das ich ihr zugeschoben hatte, und schenkte mir ein mitleidiges Lächeln. »Da sind Sie leider falsch. Hier ist nur die Anzeigenabteilung …«

»Und die Geschäftsleitung«, unterbrach sie eine kräftige Stimme. Ich fuhr herum und stand einem sympathisch jungenhaften Typen gegenüber, der mich mit einem Anflug von Spott in seinem fröhlichen Gesicht angrinste. Sekunden später bemerkte ich neben ihm eine weißhaarige Dame mit ausdrucksvollen Gesichtszügen und hellwachen blauen Augen, die mich kritisch musterten.

»Verzeihung, Nils Niklas, ich habe gleich einen Gesprächstermin.«

»Weiß ich, weiß ich. Sie sind die zukünftige Verstärkung in der Lokalredaktion. Na dann, ich bin Malte Eisenbrey und die Dame neben mir«, er deutete eine Verbeugung an, seine Augen blitzten und seine Mundwinkel zuckten verräterisch, »unsere graue Eminenz oder soll ich lieber sagen: der gute Geist des Hauses?«

Sie wies ihn mit einem scharfen, aber nicht unfreundlichen Blick zurecht, worauf ihr Begleiter augenblicklich verstummte.

»Nora Martini«, ergänzte sie, um die unterbrochene Vorstellung kurzerhand selbst zu vollenden. »Hören Sie nicht auf ihn. Er ist ein Schlitzohr.«

Offensichtlich triumphierend über ihre charmant-respektlose Zurechtweisung des Jüngeren übernahm sie die Gesprächsführung: »Seien Sie herzlich willkommen beim *Schoppendorfer Echo*. Frau Delbosco finden Sie hier allerdings nicht, die Redaktion ist im Verlagshaus in der Robert-Bosch-Straße untergebracht. Wenn Sie wollen, kann ich Sie mitnehmen.«

Sie wandte sich an Eisenbrey.

»Könntest du Rita kurz anrufen? In 20 Minuten bin ich bei ihr.«

»Ja, sicher«, antwortete er und zwinkerte ihr zu. »Schöne Grüße an den Alten. Er soll ihr nicht den Kopf abreißen wegen des Bäringen-Artikels.«

Mit dem Aufzug in die Tiefgarage.

»Ihre erste Stelle?«, fragte sie kurz und steuerte auf einen großen Landrover zu.

Ich nickte und war gerade dabei, mir eine passende Antwort auszudenken, als mich aus der Beifahrertür eine riesige Dogge anknurrte.

»Bismarck, gib Ruhe!« Nora Martini versetzte dem

Vieh einen Klaps und scheuchte es auf die Rücksitzbank. »Ein braves Tier, seelenruhig und kinderlieb, aber wenn mich Bismarck in männlicher Begleitung sieht, wird er unruhig.«

Mit gemischten Gefühlen nahm ich auf dem noch warmen Beifahrersitz Platz. Nora Martini ließ den Motor kurz aufjaulen und preschte aus der Tiefgarage, dass ich mit vollem Gewicht gegen meinen Sitz gedrückt wurde. Ich sah mich unwillkürlich nach einem Haltegriff um. Da fiel mir ein, dass sie noch auf eine Antwort von mir wartete.

»Volontariat und Praktikum habe ich bei der *Heilbronner Stimme* und den *Stuttgarter Nachrichten* gemacht«, begann ich zaghaft und glaubte, den heißen Atem Bismarcks in meinem Nacken zu spüren. Ich wagte einen vorsichtigen Blick zur Seite, aber der Hund schien inzwischen sein Interesse an mir verloren zu haben. Aufmerksam verfolgte er zwischen den Vordersitzen das Geschehen auf der Straße. Dabei hechelte er mir mit halb geöffnetem Maul ins linke Ohr.

»Bismarck fährt leidenschaftlich gern Auto und passt genau auf. Neulich hat er mich in letzter Sekunde vor einem Polizeiauto gewarnt. Es kam von rechts. Haben Sie schon eine Wohnung gefunden?«

Mit einem Ruck flog ich nach vorn, sodass der Sicherheitsgurt einrastete. Sie hatte vor einer auf Rot springenden Ampel hart heruntergeschaltet und den Wagen abrupt zum Stehen gebracht. Bismarck schaute zu mir herüber, fiepste, als ob er mich auslachen wollte.

Sie strich ihm über den Kopf, ihr Blick streifte mich, und ich spürte ihre Erwartung. Es war nun Zeit, mich meiner künftigen Kollegin ausführlicher vorzustellen. Also erzählte ich von der Fahrt mit dem Interregio nach Schoppendorf, von meinem Irrweg durch die Bahnhofsvorstadt, dem hilfsbereiten Türken, dem tropfenden Döner, meiner ersten Begegnung mit dem *Schoppendorfer Echo* in der Straßenbahn.

»Die Zeitung hat mich hier zuerst begrüßt. Ich nehme es als Zeichen, dass ich vom *Schoppendorfer Echo* heiß ersehnt werde.«

Die Ampel schaltete auf Gelb, sie lachte über meine Bemerkung, während sie den Gang einlegte und hart von der Kupplung ging. Der Sicherheitsgurt fing mich wieder auf, Bismarck jauchzte.

»Ach ja, die Wohnung! Vor einer Woche, als die schriftliche Zusage kam, dass ich probeweise beim *Echo* anfangen kann, habe ich beim Surfen im Internet eine kleine Einliegerwohnung in der Parkstraße gefunden.«

»Da wohne ich gleich um die Ecke.«

Ich beschränkte mich auf ein flüchtiges »Ach ja?« und plapperte weiter: »Bin dann gleich mit dem Auto hingefahren. Die Wohnung hat mir auf Anhieb gefallen, separater Eingang, möbliert, zwei Zimmer, kleine Terrasse mit Blick auf einen bunt beblumten Garten.«

Die City lag hinter uns. Ein Kreisverkehr mit üppiger Rosenbepflanzung leitete auf eine vierspurige Straße über, die in ein Industriegebiet führte. Sie schwieg, und ich überlegte, wie ich das eben begonnene Gespräch vor dem Einschlafen retten könnte. Die merkwürdige Szene im Echoturm – »Malte Eisenbrey hat eine sehr hohe Meinung von Ihnen«, begann ich vorsichtig.

Ihr kurzes metallisches Lachen. »Seit ich offiziell nicht mehr im Dienst bin, ist er noch respektloser geworden.«

Vor einem riesigen Glaskasten bremste sie den Wagen ab und bog in eine enge Toreinfahrt, die zu einigen Privatparkplätzen auf der Rückseite des Gebäudes führte. Ein nicht zu übersehendes Schild verkündete Respekt gebietend »Firmenleitung«.

»Wir sind da«, stellte sie lapidar fest.

Durch einen Hintereingang erreichten wir die Eingangshalle, viel Glas zur Straßenfront, Dauergrün in gestylten Pflanzkästen. Bismarck zerrte ungeduldig an der Leine. Frauchen riss ihn energisch zurück, konzentrierte sich ganz auf die Beherrschung der Kreatur.

»Sie finden Rita Delbosco im dritten Stock, Zimmer 301.«

Ihr Ton klang plötzlich sehr förmlich. Ich wollte mich bedanken, aber sie war schon unterwegs. Bismarck trottete nun brav neben ihr her. Da schaute sie im Weggehen über die Schulter und meinte aufmunternd: »Kopf hoch, junger Mann, auch bei uns wird mit Wasser gekocht.«

Rita Delbosco sah kaum von ihrem Rechner auf. Untersetzt, Mitte 40, kupferroter Afrolook über energischem Gesicht, kantiger Unterkiefer. Ihr wilder Lockenkopf saß halslos auf kräftigen Schultern, karierte Bluse mit offenem Kragen und Halstuch. Sie wies auf eine Sitzecke und bot mir an, mich zu setzen. Ich nahm auf einem der mit schwarzem Leder bezogenen Schwingsessel Platz, die sich um einen runden Glastisch gruppierten.

Delbosco hämmerte in die Tasten, ließ mich warten. Schließlich grinste sie in ihren Bildschirm und nickte zufrieden. »Das hätten wir.«

Sie drehte sich auf ihrem Schreibtischstuhl in meine Richtung. »Kaffee?« Als ich zögernd zustimmte, stand sie auf, tänzelte mit der Grazie der Wohlbeleibten aus dem Raum und kam nach einer gefühlten Ewigkeit mit zwei Bechertassen zurück, deren Henkel sie mit Daumen und Mittelfinger in die rechte Hand geklemmt hatte. Kaffeesahne und Würfelzucker wühlte sie aus einem Aktenschrank, ohne die Tassen abzusetzen. Milchdöschen und Würfelzucker trug sie in der nach oben geöffneten Linken und balancierte alles zielsicher auf die Mitte des Glastisches.

»Rita«, sagte sie strahlend und streckte mir ihre eben frei gewordene Rechte entgegen.

Um einschlagen zu können, musste ich aufstehen, machte zögernd einen Schritt auf sie zu, ergriff endlich ihre Hand. »Nils. Entschuldigen Sie die Verspätung, ich war zuerst im Echohochhaus.«

»Weiß ich schon«, winkte Rita ab. »Der Chef hat mich angerufen. Du hattest ja ein prominentes Empfangskomitee, die Gräfin höchstpersönlich hat dich hierherchauffiert. Und du hast gleich Bekanntschaft mit Bismarck gemacht, nicht?«

Sie duzte mich, und der betont joviale Ton störte mich. Delbosco würde meine unmittelbare Vorgesetzte sein. Man weiß ja nie, wie sich eine solche Beziehung entwickelt. Aber was blieb mir anderes übrig, als auf den von ihr angeschlagenen Ton einzugehen?

»Bismarck hat mich die ganze Fahrt über in Schach gehalten.«

»Der hütet sein Frauchen mit Argusaugen. Sei bloß vorsichtig, wenn du ihm allein über den Weg läufst!«

Ich nutzte die Gelegenheit, knüpfte an ihren gerade gesponnenen Gesprächsfaden an, denn ich wollte mehr über die Dame erfahren, die sie im Scherz Gräfin genannt hatte.

Sie lehnte sich in ihrem Schwinger so weit zurück, dass ich für einen Augenblick befürchtete, ihr Gewicht könnte den Stuhl überfordern.

»Nora Martini ist die frühere Chefredakteurin, hochdekoriert, zuletzt mit dem Börne-Preis, außerdem Anteilseignerin und eng mit den Eisenbreys verbandelt.« Sie beugte sich vor und ergänzte halblaut: »Man munkelt, sie hätte früher eine Affäre mit dem Alten gehabt. Sie nimmt kein Blatt vor den Mund, und man sollte sich nicht mit ihr anlegen.«

Sie bemerkte meinen fragenden Blick und erklärte:

»Der Alte, der Senior-Chef, Vater von Malte – er zieht im Hintergrund immer noch die Fäden. Das *Schoppendorfer Echo* ist ein Familienunternehmen in der dritten Generation.«

Zufrieden lehnte sie sich zurück, faltete die Hände über ihrem Bauch und schloss: »Das wären die wichtigsten Interna. Dein erster Fall erwartet dich übrigens schon.«

Ich wies in gespielter Gelassenheit auf die Schlagzeile des *Schoppendorfer Echos* neben ihrer Kaffeetasse: »Soll ich den Mörder finden?«

Sie stutzte, dann zeigte sich der Ansatz eines verstörten Lächelns auf ihrem Gesicht, das aber gleich wieder verschwand und einem grimmigen Ausdruck Platz machte. »Die Schnapsleiche konnte im Krankenhaus reanimiert werden, hatte über fünf Promille. Als man sie fand, war sie im Gesicht blau angelaufen, hat fast nicht geatmet, unser Reporter vor Ort hat da wohl einen Schnellschuss abgegeben.«

Mir fiel Malte Eisenbreys Bemerkung über den Bäringen-Artikel ein. Der Alte solle ihr nicht den Kopf abreißen. War sie nicht selbst die Autorin des Artikels?

»Die Sache ist äußerst rätselhaft. Am nächsten Morgen war der Mann weg, bevor man seine Identität feststellen konnte.«

»Aber weshalb hat man ihn ausgerechnet auf dem Schulhof …?«

»Das ist ja das Merkwürdige, was weiß ich, vielleicht hat ein Kampf stattgefunden, vielleicht hat er jemanden gesucht, der ihm helfen könnte. Die Polizei ermittelt, aber gestern auf der Pressekonferenz konnte man uns nichts Konkretes sagen. Sie scheinen wieder mal völlig im Dunkeln zu tappen.« Ihre tiefe Altstimme nahm einen verschwörerischen Klang an: »Wenn du mich fragst, an der Geschichte ist was faul. Bandenkriminalität, Russenmafia oder so was. Jedenfalls wollte der Kerl nichts mit der Polizei zu tun haben oder er wurde tatsächlich aus dem Krankenhaus entführt. Und dann noch der rätselhafte Einbruch in die Großbäckerei – am selben Tag, zerbrochene Fensterscheibe, ein Lager durchwühlt, aber angeblich fehlt nichts.« Sie machte eine Pause, ließ ihre Worte auf mich wirken. Dann meinte sie tröstlich: »Ganz so heiß ist dein erster Auftrag nicht, aber mit der Bäringer Schule hat er auch zu tun.«

Ihr Blick wirkte prüfend, beinahe lauernd. Schien mir aus dem Gesicht ablesen zu wollen, wie ich auf ihren plötzlichen Vorstoß reagierte. Sie stand auf, schlenderte zum Schreibtisch und ließ sich auf einen Drehstuhl fallen, der ächzend nachgab. Aus einem Stapel übereinandergeschichteter Heftordner fischte sie ein dünnes Bündel heraus, steuerte wieder zur Sitzecke hinüber und warf es mir vor die Nase. Dann spazierte sie, als ob sie von mir Abstand gewinnen wollte, quer durch den Raum, lehnte sich mit dem Rücken an die Fensterbank, legte die Hände in Gebetshaltung zusammen und führte sie unter ihr Kinn. Verharrte so einen Augenblick, bevor sie weiter ausholte.

»Schulskandal in Bäringen, kleines Nest, etwa zehn

Kilometer von hier. Keilereien auf dem Schulhof, tätliche Angriffe auf eine Lehrerin, die sich nicht durchsetzen kann, Mobbing, Gangs, die sich gegenseitig bekriegen, verzweifelte Eltern, die endlich Konsequenzen fordern. Der Stoff hat's in sich. Gewalt unter Kindern, überforderte Erzieher, da lässt sich was draus machen. Der Bürgermeister hat zum Pressegespräch eingeladen. Du findest alles in der Mappe. Montag um halb zehn im Bäringer Rathaus. Ich bin auch dabei.«

»Die Schule, die nicht aus den Schlagzeilen kommt?«

Rita Delbosco nickte genervt. »Das musste ich so schreiben, kleines Zugeständnis an den Chef. Der hat den Schulleiter auf dem Kieker.«

Die Tür öffnete sich einen Spalt.

»Komm rein, Susanne, unser neuer Kollege, du kennst ihn doch noch nicht?«

Das Mädchen, das sie Susanne nannte, hüpfte herein, umarmte Rita, Küsschen links, Küsschen rechts, dann streckte sie mir fast waagerecht ihren Arm entgegen, ließ die Hand etwas sinken. Es sah aus, als ob sie einen Handkuss erwartete. Ich schnalzte hoch, schüttelte ihr Pfötchen. Sie hielt meine Hand fest, musterte mich in Sekundenschnelle, schien mich einzutaxieren, die blonden, strähnigen Haare energisch zurückgekämmt und in einem Knoten gefasst, schwarze Hornbrille, schmales Gesicht. Ihre grünen Augen durchbohrten mich. Rita ging dazwischen.

»Nils Niklas, Susanne Friedle. Nils wird den Artikel über die Bäringer Schule übernehmen.«

Susanne Friedle schaute leicht spöttisch zuerst auf mich, dann auf Rita. »Heiße Sache, was? Bist froh, dass du sie abgeben kannst?« Sie registrierte meinen erschrockenen Blick und lachte. »Kleiner Scherz unter Kollegen.« Sie wandte sich wieder Delbosco zu, flötete: »Ich hab was Neues für dich in Sachen Schnapsleiche. Eine Schwester im Krankenhaus behauptet, sie hätte gesehen, wie sie entführt wurde.«

Rita Delbosco ließ sich auf ihren Drehstuhl plumpsen.

Sabine deklamierte theatralisch: »Entführung aus der Intensivstation – zwei maskierte Männer, getarnt mit weißen Ärztekitteln, schieben in größter Eile ein Bett über den Flur, darin das Opfer, eng mit weißen Binden umwickelt. Nur seine Augen blickten furchtsam umher.«

»Wann, wo genau?«, fragte Rita mechanisch nach.

»Morgens kurz nach sechs in der Abteilung B1.«

»Woher hast du die Information?«

»Eine Freundin von mir arbeitet im Labor der Klinik. Flurfunk«, setzte sie mit verschwörerischem Blick hinzu.

Rita seufzte. »Da wird so viel spekuliert, geklatscht und getratscht. Versuch der Sache nachzugehen. Hast du schon bei der Polizei angerufen?«

Die Friedle schnaufte enttäuscht. »Die lassen doch nix raus.« Sie hatte sich wohl mehr Wirkung von ihrer sensationellen Nachricht erwartet.

»Bleib dran!«, meinte Rita besänftigend, und Susanne rauschte ab, ohne mich eines letzten Blickes gewürdigt zu haben. Als sie draußen war, brummte Rita: »Noch einen Fehlschuss in dieser Angelegenheit können wir uns nicht leisten.«

Sie führte mich zu meiner künftigen Wirkungsstätte. Platzgreifend schob sie ihren massigen Körper vor mir her, nickte kurz dem einen oder der anderen zu, die uns entgegenkamen.

Durch eine Doppelglastür sah ich schon vom Flur aus das Großraumbüro. Kaum eingetreten, spürte ich die geschäftsmäßige Atmosphäre von unpersönlicher Routinekommunikation. Die Halle strahlte den spröden Charme eines Flughafenterminals aus, Büromöbel in Weiß gehalten, hellgraue spiegelnde Fliesen, durch die verglasten Wände – hinter Dächern von Werkhallen des Schoppendorfer Industriegebiets – schimmerten Hügelketten in dunstigem Blau. Rita Delbosco breitete ihre Arme aus, drehte sich zu mir um, setzte ein ironisches Lächeln auf und tönte: »Willkommen im ständig pulsierenden Herzen des *Echos*.«

Sie stellte mich einigen zufällig anwesenden Kolleginnen vor, wies mir eine Schreibtischkabine zu und verabschiedete sich mit einem flauen Man-Sieht-Sich.

Ich vertiefte mich in die Unterlagen. Ein Brief an den Bürgermeister, Eltern, die unterzeichnet hatten, manche Namen kaum lesbar, einige doppelt. Hatten beide Elternteile unterschrieben, um die Liste länger erscheinen zu lassen?

Beim genaueren Hinsehen blieb ich am ersten

Namen hängen. »Dörthe Eisenbrey« stand da in zügig hingesetzter Unterschrift. Hatte die was mit der Verlegerfamilie zu tun? Die übrigen Namen folgten in respektvollem Abstand. Außer dem kurzen Antwortbrief des Bürgermeisters, der nichts Nennenswertes enthielt, fand ich in der Mappe noch einige Blätter mit hingekritzelten stichwortartigen Notizen, aus denen ich nicht schlau wurde. Genervt und ein wenig ratlos schlug ich die Mappe zu. Offensichtlich hatte Rita Delbosco mit der Recherche bereits begonnen, bevor sie beschloss, die Sache abzugeben. Aber weshalb an mich, an den Neuen?

Mein Blick über die halbhohen Trennwände meiner Schreibzelle durch die leicht getönte Fensterfront verlor sich im Horizont der Hügel, die Schoppendorf umschlossen. Kann man denn über eine Region berichten, in die man eigentlich erst hineinwachsen müsste? Oder sollte meine Rolle hier eher von Vorteil sein? Würde mir die naive unbelastete Sichtweise des Anfängers helfen können, den Blick auf das Wesentliche zu richten? War das der Grund, weshalb Rita Delbosco mich damit beauftragt hatte – oder hatte Susanne Friedle recht, dass die Delbosco den Auftrag einfach hatte loswerden wollen? Mir fielen ihre Worte über die Gräfin und Eisenbrey senior ein. Familiendominiertes Zeitungsblatt in der Provinz – was kam da auf mich zu?

Ich schlug die Mappe wieder auf, nahm mir den Brief der Eltern vor. Wenn ich die doppelten Namen wegließ, hatten ihn Eltern von zwölf Kindern unterzeichnet. Vielleicht die Hälfte aller Eltern in der Klasse, eher weniger. Vierte Klasse Grundschule! Von zunehmender Gewalt auf dem Schulhof und im Klassenzimmer war die Rede, von Erpressung und Schutzgeldzahlungen. Das klang ja gefährlich! Ich dachte an meine eigene Schulzeit zurück. Schlägereien auf dem Schulhof, Klassenkeile für Mitschüler, die man als Verräter beschimpfte, wenn sie dem Klassenlehrer einen Streich gepetzt hatten, aber vor den Lehrern hatten wir einen Heidenrespekt gehabt, und wenn die sich bei den Eltern über uns Lausbuben beklagten, gab's zu Hause Zoff.

Der Bürgermeister sprach in seinem Schreiben davon, die Eltern erwarteten zu Recht, dass endlich etwas geschehe. Die Sache klang ziemlich dramatisch. Aber weshalb die Presse? Ließen sich so Schulprobleme lösen? Da hätte mich die Geschichte mit dem reanimierten Scheintoten mehr interessiert. Eine Entführung vor aller Augen aus dem Krankenhaus, was da wohl dahinterstecken mochte?

Ich fingerte nach meinem Handy. Mist! Ausgeschaltet seit dem Gespräch mit Rita. Thomas wollte mich heute Mittag anrufen. Mein Erbstück von Tante Käthe hatte gestreikt, Lichtmaschine. Ich hatte den Zug nehmen und meinen Bruder dazu überreden müssen, mir meinen bejahrten VW-Käfer nach der Reparatur mit meinem ganzen Gepäck nach Schoppendorf zu fahren. Und jetzt ließ ich ihn sitzen!

Mein Display zeigte zwei Meldungen: »Kann dich nicht erreichen, bin vor deiner Wohnung«, die erste; die zweite: »Wo steckst du denn? Kann nicht länger bleiben, mein Zug wartet nicht.«

Das klang stocksauer. Ich versuchte ihn anzurufen – Mailbox. Also simste ich zurück: »Tut mir schrecklich leid, melde mich heut Abend.«

Ich beschloss, zu Fuß die Parkstraße zu suchen, glaubte, die Orientierung dafür zu haben. Nora Martini war immer geradeaus zum Verlagshaus gefahren, dann kam der Kreisverkehr mit den Rosen, links ging's in die Innenstadt. Jetzt musste ich nur noch den Stadtpark finden, hinter dem gleich die Parkstraße abzweigte.

Nach einer halben Stunde stand ich tatsächlich im Stadtpark, einer ziemlich ausgedehnten Grünanlage rechts und links der Sulz, die keinen Kilometer weiter unten beschloss, in den Neckar zu münden. Sah verdächtig nach ehemaligem Gartenschaugelände aus. Und die Parkstraße? Nach der zweiten Umrundung hatte ich endlich den Einstieg gefunden. Fünf Minuten später blitzte mein grüner Käfer in der Garageneinfahrt von Frau Eiseles Einfamilienhäuschen mit Einliegerwohnung vor mir auf.

Eine beachtliche Gartenzwergparade begleitete mich zur Haustür. Einer winkte mir fröhlich zu, ein anderer wünschte mir auf einem Schild »Herzlich Willkommen«, ein dritter hielt sich den Bauch vor Lachen.

Ich klingelte. Frau Eisele erschien mit hochrotem Kopf.

»So geht des aber net. Sie könnet doch net Ihr Auto direkt vor mei Garasch stella? Grad bin i vom Eikaufa heimkomma und kann net vors Haus fahra.«

Ich entschuldigte mich tausendmal und bot mich an, selbstverständlich alle Einkaufstüten ins Haus zu tragen und sofort meinen Käfer wegzufahren.

Eben habe sie die letzte Kiste hereingeschleppt, antwortete sie mürrisch. Ich solle nur machen, dass endlich mein Auto aus der Garageneinfahrt verschwände.

Kleinlaut stieg ich in meinen Käfer. Was für ein Einstand! Ein Blumengeschäft musste her, und zwar möglichst schnell! Am Ende der Parkstraße kam die Erlösung, ein weißer Wegzeiger mit der Aufschrift »Friedhof«. Gerettet! Bei Friedhöfen gibt es immer Blumengeschäfte – todsicher! Mit einem Riesenstrauß gelber Rosen stand ich zehn Minuten später wieder vor der Tür von Frau Eisele und wurde diesmal gnädig aufgenommen.

MONTAG, 13. MAI

Die Straße nach Bäringen zog sich entlang der Sulz dahin, rechts und links Weinberge, ein paar Weingüter mit Werbeschildern für Direktverkauf, auf den Höhenrücken knorrige Eichen, darüber ein weißblauer Himmel, Idylle pur. In dieser Welt schien die Zeit den Atem angehalten zu haben.

Allmählich verengte sich das Tal, die Weinberge verschwanden nach und nach, die Sulz schlängelte sich nun gesäumt von Buschwerk durch schattiges Grünland, an den Hängen Streuobstwiesen. Bald tauchten die ersten Häuser von Bäringen auf, umgeben von blühenden Bauerngärten. Als die Straße dabei war, das Bächlein zu überqueren, um sich am gegenüberliegenden Hang emporzuwinden, verriet mir ein brauner Tourismuswegzeiger, dass es rechts zum historischen Ortskern abginge.

Tief eingeschnitten in das Tal der jungen Sulz drängte sich die kleine Altstadt. Dahinter zogen sich Einfamilienhäuser rechts und links an den Hängen hinauf bis zum Wald, der den Ort malerisch einrahmte. Giebel an Giebel reihten sich die schmalen blitzsauberen Fachwerkhäuser und geleiteten mich zu einem mit Kopfsteinen gepflasterten Marktplatz, den ein achteckiger Röhrenbrunnen beherrschte. Auf seiner Mittelsäule erhob sich bedrohlich ein steinerner Bär, vor seinem Bauch ein Wappenschild. Rund herum Parkplatz, dahinter ein ehrwürdiges Gebäude, Fachwerk auf braunroten Sandsteinarkaden, vor den Fenstern leuchtende Geranien, unter dem Giebel eine Uhr mit blauem Zifferblatt und goldenen Zeigern, auf dem Dach ein Glockentürmchen – wie aus dem Bilderbuch.

Als ich meinen Käfer abstellte, fiel mein Blick auf die ausgeräumten Schaufenster einer Bäckerei in einem ehrwürdigen Fachwerkbau. Das Ladensterben hatte auch Bäringen erreicht. Rote Schriftbänder zogen sich quer über die Scheiben, störten die friedliche Idylle: »Neueröffnung demnächst – Eberles Brezelparadies.« Fast ironisch wirkte das alte Schild, das noch nicht abmontiert war: »Bäckerei Fröhlich«.

Ich stieg aus, stellte brav die Parkscheibe ein und ließ die Umgebung einige Augenblicke auf mich wirken, als ein roter Sportwagen mit offenem Verdeck und flottem Schwung neben mir einparkte.

Es dauerte etwas, bis Rita sich aus dem Flitzer herausgearbeitet hatte. Sie streckte sich, ächzte befreit, drehte sich zum Brunnen, den sie zielstrebig ansteuerte, und ließ das Wasser aus den Röhren über ihre Unterarme laufen. Ohne sich mir zuzuwenden, begrüßte sie mich mit dröhnender Stimme.

»Morgen, Nils, genießt du den Postkartenblick? Gut essen und trinken kannst du hier und dich prachtvoll erholen, aber journalistisch gibt es in Bäringen selten was zu tun. Heute ist eher eine Ausnahme. Samstags und sonntags drängen sich die Ausflügler aus Schoppendorf in den engen Gassen und parken alles zu, nach zwei Stunden fahren sie wieder zurück, satt und zufrieden, gestärkt mit Kaffee und Kuchen. Wandern kannst du wunderbar im Bäringer Bergland. Radfahren ist schon etwas mühseliger, ständig bergauf, bergab, aber die Strecke von Schoppendorf durch das Sulztal hierher auf der anderen Seite des Tales – sehr zu empfehlen.«

Ich versuchte mir Rita Delbosco auf dem Fahrrad vorzustellen, was meine Fantasie erheblich strapazierte. Inzwischen hatte sie ihre Kneippkur beendet, schüttelte entschlossen das Wasser von ihren Armen und machte sich auf den Weg zum Rathaus. Ich hatte Mühe, Schritt zu halten.

Vor dem Gasthaus *Linde* nickte Rita einem jungen Pärchen zu, das auf einer Parkbank herumturtelte. »Die zwei Süßen haben die Schnapsleiche gefunden«, raunte sie mir zu. »Die Kleine kenne ich von einem Schulprojekt »Zeitung macht Schule – Schule macht Zeitung«. Sie hat mich angerufen, gleich nachdem sie die Polizei verständigt hatte.«

Ich grinste sie spöttisch an. »Und die rasende Reporterin war dann gleich vor Ort?«

Sie reagierte nicht darauf, nickte mit dem Kopf in Richtung des Jungen und raunte: »Der Sohn des Brezelbäckers.«

»Eberles Brezelparadies?«

Sie hatten uns bemerkt und kamen herüber, der Junge vielleicht 15, sie eher ein bisschen jünger.

»Was macht die verschwundene Leiche?«, wollte das Mädchen wissen.

Rita lachte: »Langsam, langsam, immer der Reihe nach.« Rita blickte zu mir, stellte uns kurz vor. »Lena Schwab und Tobias Eberle, und das ist Nils Niklas, mein Kollege vom *Echo*. Was mit dem Mann los ist, wollt ihr wissen? Ich auch. Aber die Polizei hat leider immer noch keine neuen Erkenntnisse. Als ob er sich in Luft aufgelöst hätte. Habt ihr was Neues gehört?« Sie musterte Tobias, der eher gelangweilt neben seiner Freundin stand, Ritas Blick aber nicht standhielt und verlegen zu Boden schaute.

»Könnt ihr euch denken, warum er am Rande des Schulhofs lag?«, hakte ich nach.

»Vielleicht hat er mit Schmidt auf das Wohl der Bäringer Schule angestoßen und beide haben etwas zu viel gebechert?«, frotzelte Tobias und erntete einen bösen Blick von Lena.

»Der Schmidt ist in Ordnung«, fuhr sie ihn an.

Tobias hob entschuldigend beide Hände. »Nichts gegen deinen geliebten Grundschullehrer. War ja nur ein dummer Spruch.«

»Ein sehr dummer«, wies sie Tobias zurecht und kam gleich wieder auf den Betrunkenen zu sprechen. »Wie der ausgesehen hat. Ganz blau im Gesicht! Der lag da wie tot! Als ob ihn jemand erwürgt hätte.« Eine senkrechte Falte hatte sich über ihren Augenbrauen gebildet. Ihr Blick wirkte vorwurfsvoll, um die Mundwinkel zog sich der Ansatz eines Lächelns. Sie genoss sichtlich ihre Rolle.

»Der Typ kam mir bekannt vor, irgendwo habe ich den schon mal gesehen«, sagte Tobias nachdenklich.

Rita zog die Augenbrauen hoch. »Die Polizei hat immer noch nicht seine Identität feststellen können. Bist du dir da ganz sicher?«

Tobias zuckte die Achseln. »Ich weiß nicht, ist mehr so ein Gefühl.«

»Wenn dir was einfällt, gib mir Bescheid und grüß deinen Vater von mir.«

Tobias verdrehte die Augen, Lena winkte, verabschiedete sich mit einem »Tschö dann!«, nahm Tobias an die Hand und zog ihn mit sich fort.

Über eine breite, ausgetretene Holztreppe, die bei jedem Schritt nachgab und in mehreren Tonlagen knarrte, erreichten wir das Vorzimmer des Bürgermeisters und wurden gleich weitergeleitet. Unter der Tür ein jovialer Mittfünfziger mit offenem Tennishemd, eckiger, schwarzer Hornbrille und lauter Stimme, deren schneidender Klang mich innerlich zusammenzucken ließ.

»Schönen guten Morgen, verehrte Frau Delbosco, wen haben Sie uns denn da mitgebracht?«

Bevor sie antworten konnte, stürzte sich der Bürgermeister auf mich, drückte meine Hand und donnerte freundschaftlich: »Gotthilf Schäuffele«, indem er mich ohne loszulassen an sich drückte.

»Nils Niklas«, gab ich etwas gequält zurück und zog meine Finger aus seinem anhaltenden Händedruck.

Er wandte sich wieder Rita zu. »Was Neues im Fall Opferentführung?« Ohne eine Antwort abzuwarten, legte er los: »Zustände wie in Italiens Mezzogiorno und ausgerechnet auf dem Bäringer Schulhof. Was sich da neuerdings für Gesindel rumtreibt! Kein Wunder, wenn dort oben die Gewalt eskaliert. Wir werden den Schulhof bald mit der Videokamera überwachen müssen. Jetzt erst recht, wenn die Eltern zu rebellieren beginnen.«

»Herr Niklas wird die Berichterstattung über die Elternaktion übernehmen«, erklärte Rita betont beiläufig.

Schäuffele zog die Augenbrauen hoch und deutete Überraschung an. Oder war es sogar ein Anflug von Missbilligung?

»Er ist bestens informiert«, bemühte sie sich zu versichern.

Dann seien wir ja komplett, stellte Schäuffele nun leicht indigniert fest und führte uns in seine geräumige Bürgermeisterresidenz.

»Dörthe Eisenbrey, die Verfasserin des Briefes und Mutter einer Tochter in der vierten Klasse unserer Schule«, Schäuffele wies mit einer kurzen Handbewegung auf eine elegant gekleidete Dame mit entschlossenem Gesichtsausdruck, die hinter dem massiven Konferenztisch aufmerksam zu uns herüberäugte.

»Das war so nicht ausgemacht«, zischte sie Rita an.

Die hob entschuldigend die Hände und murmelte etwas von Überlastung, Kommunalwahlen, anderweitigen Verpflichtungen. Dörthe Eisenbrey versuchte ihre Fassung zurückzugewinnen und schenkte mir ein knappes Lächeln. Als ich sie fragte, ob nicht auch der Schulleiter an dem Gespräch teilnehmen würde, erntete ich ein verächtliches Schnauben, während der Bürgermeister bemerkte, der müsse heute Morgen unterrichten.

Er schien die Sache schnell hinter sich bringen zu wollen, bot uns Platz an, setzte sich an die Stirnseite des schweren Eichentisches und wandte sich Dörthe Eisenbrey zu. Ohne Zeit zu verlieren, bat er sie zu schildern, wie es zu diesem Brief, dessen Kopie uns ja vorliege, gekommen sei.

Sie strich mit einer energischen Handbewegung ihre Haare aus der Stirn und zog vom Leder. Ich hatte Mühe, ihr zu folgen. »Unhaltbar, die Zustände in dieser Klasse. Das muss man sich mal vorstellen: Die Kinder tanzen der Lehrerin auf der Nase rum, wenn sie mal da ist. Dauernd feiert sie krank, und ständig fällt der Unterricht aus. ›Verlässliche Grundschule‹ nennt sich das, in Wirklichkeit sind die Kinder und die Eltern verlassen. Und den Schulleiter kümmert's überhaupt nicht. Der greift nicht ein, die Probleme kehrt er unter den Teppich, will sie gar nicht wahrhaben, und die Eltern nimmt er überhaupt nicht ernst. Aber damit ist jetzt Schluss. Wenn die Schulaufsicht nichts unternimmt, kommt das eben an die Öffentlichkeit.«

Schäuffele warf ein, dass einige Eltern sogar schon

überlegten, ihre Kinder an andere Schulen zu schicken, auch wenn sie dafür in einen anderen Ort ziehen müssten, und was das bedeute, könnte ich mir kaum vorstellen. »Bäringen ist eine kleine Gemeinde. Wenn immer mehr Eltern ihre Kinder abmelden, müssen wir irgendwann die Schule schließen, und dann fehlen uns die Staatszuschüsse für den Bildungsbereich, von den wegfallenden Steuerleistungen der Eltern ganz zu schweigen.«

Morgen fände ein außertourlicher Elternabend statt, bei ihr zu Hause, verkündete Dörthe Eisenbrey. Da könnten wir uns von der aufgebrachten Stimmung der Eltern selbst überzeugen.

Schäuffele ergänzte: »Die Stadt wird eine Umfrage starten. Dann wird man ja sehen, was die Bäringer von ihrer Schule halten.«

In der *Linde* schräg gegenüber dem Rathaus bestellten wir uns Kaffee. Ob sie den Schulleiter kenne, fragte ich Rita.

»Flüchtig. Die Schule fällt ab und zu wegen ihrer sportlichen Erfolge auf. Außerdem beteiligt sie sich regelmäßig an Stadtfesten, Weihnachtsmarkt und Altennachmittagen. Rektor Schmidt leitet den Schulchor, der immer mal wieder auftritt. Bisher hatte ich den Eindruck, dass Schmidt recht beliebt ist bei den Eltern. Aber vielleicht habe ich mich getäuscht. Man bekommt bei solchen Anlässen ja nur die Schokoladenseiten einer Schule mit.«

Die Wirtin servierte den Kaffee. Wir waren die einzigen Gäste. Mit ihrem Wischlappen machte sie sich emsig an den leeren Nebentischen zu schaffen und schien die Ohren zu spitzen, als ob sie darauf aus wäre, möglichst alles von Ritas Bericht aufzuschnappen.

»Vor einiger Zeit hat es schon einmal einen Eklat an der Schule gegeben. Der Sohn des Apothekers am Ort hatte keine Bildungsempfehlung fürs Gymnasium bekommen. Damals war das noch Voraussetzung für die Aufnahme. Seine Leistungen reichten dafür nicht aus, versuchte Schmidt den Eltern vorsichtig beizubringen. Die legten Beschwerde ein. Das Verfahren sei nicht korrekt abgelaufen. Schmidt blieb konsequent. Die Sache ging bis vors Verwaltungsgericht.«

»Und?«

»Die Klage wurde abgewiesen. Der Junge kam auf die Realschule.

Sie rührte in ihrem Kaffee.

»Schmidt hat Prinzipien, macht keine Ausnahmen. Vielleicht ist er auch einfach nur stur.«

Sie nahm einen Schluck, setzte die Tasse behutsam ab.

»Die Karriere der Kleinen wird doch schon im Kindergarten geplant. Nachhilfe in der vierten Klasse, damit sie den Übergang zum Gymnasium schaffen. Nervenflattern der Eltern, wenn die Kinder mit schlechten Zensuren nach Hause kommen.«

Sie rührte weiter in ihrem Kaffee.

»Alle sollen aufs Gymnasium, ob sie nun dafür geeignet sind oder nicht. Alle sollen ihr Abitur kriegen. Und wenn's nicht klappt, haben die Lehrer nichts getaugt. Aber an das Wohl ihrer Kinder denken die Herrschaften viel zu wenig. Jedes Kind soll die beste Unterstützung bekommen, seine Fähigkeiten sollen individuell gefördert werden, darin sind sich alle einig. Aber dieselben Eltern, die das unterschreiben, setzen sich für die Gemeinschaftsschule ein. Da stimmt doch was nicht! In Wirklichkeit wollen sie, dass ihr Kind nicht aus dem Rennen genommen wird. Ob es sich entfalten kann, ob es Freude am Lernen hat, Motivation durch Erfolgserlebnisse, all das spielt anscheinend nur am Rande eine Rolle.«

Rita spielte mit den Bierdeckeln.

»Vor einem halben Jahr berichtete ich über ein interessantes Projekt an der Schule. Schmidt hatte den Elternbeirat davon überzeugt, ein Kindertheater für ein Gastspiel zu engagieren. Es ging um Konfliktlösung, Gewaltprävention, das Übliche. Jedenfalls kam ich nach der Veranstaltung gerade mit dem Schulleiter auf den Schulhof, als ein weißer Porsche Cayenne vorfuhr. Drinnen Gustav Eberle, Inhaber der Bäringer Großbäckerei und Brezelfabrik. Er wollte seine Tochter abholen. Da hättest du Schmidt erleben sollen. Er klopfte an die Scheibe der Fahrertür: ›Bitte parken Sie Ihren Wagen außerhalb des Schulgeländes. Hier stürmen gleich 100 Kinder raus.‹ Eberle bekam einen hochroten Kopf und brüllte: ›Aber wenn ich euch kostenlos Brezelbruch bringe, sagt niemand was.‹ Mit quietschenden Reifen wendete er und brauste davon.«

Was er von der jetzigen Elternaktion hielte, wollte ich wissen, ob Frau Eisenbrey mit dem Chef des *Schoppendorfer Echos* verwandt sei?

Rita schlürfte ihren Cappuccino. Geräuschvoll stellte sie die Tasse zurück auf den Unterteller, kniff ihre Augen zusammen und beugte sich vor. »Sie ist seine Cousine, Nichte des Seniorchefs. Sie wohnt ebenfalls im Jagdschloss und gehört mit ihrem Mann und den Kindern sozusagen zur Familie.«

»Im Jagdschloss?«

»Hier residieren die Eisenbreys seit Jahrzehnten. Früher gehörte es den Grafen von Bäringen, von außen ein alter Kasten, aber innen recht beeindruckend. Du wirst es morgen Abend ja kennenlernen, der außertourliche Elternabend …«

»Schon etwas merkwürdig. Wieso findet der Elternabend nicht in der Schule statt?«

Rita zuckte die Achseln, meinte, das passe zu Dörthe Eisenbrey, Gutsherrenart eben. Der Bürgermeister hätte ebenfalls einen Sohn in der vierten Klasse. Sie sei gespannt, ob er da auch auftauche. Übrigens seien die kalten Büffets bei Empfängen im Jagdschloss legendär.

Sie bezahlte für beide, ließ meinen Protest nicht gelten.

Auf dem Weg zum Parkplatz brummte Rita: »Der sah tatsächlich aus wie tot. Wie sie ihn auf die Bahre legten, die Arme schlaff nach unten sackten, das Bild geht mir nicht aus dem Kopf. Lena war völlig fertig, aber inzwischen hat sie die Sache offensichtlich verdaut. Tobias scheint noch nicht ganz darüber hinweg zu sein, hast du seine betretene Miene bemerkt?« Sie griff nach meinem Arm. »Klar doch, dass dich der Fall mit der verschwundenen Schnapsleiche mehr interessieren würde, versteh ich, aber die Story über die Gewalt an der Bäringer Schule ist wie geschaffen für dich. Das ist ein Thema der Zeit. Ich sehe schon die Schlagzeile: ›Schulskandal in Bäringen – Aufstand der Eltern‹ – das gibt was her.« Sie ließ meinen Arm los und trat einen Schritt zurück. »Mach was aus der Geschichte, damit kannst du dir deine ersten Sporen verdienen. Wenn das ein Knaller wird, hast du deinen Job sicher und kannst beruhigt deine Anstellung zur Probe abhaken. Aber denk dran: Der Alte zieht die Fäden, und Dörthe hat ihren Onkel fest im Griff.«

Ich dachte an die Bemerkung der Friedle und fasste mir ein Herz. Warum sie eigentlich die Berichterstattung an mich abgegeben hätte, fragte ich, das mit den anstehenden Kommunalwahlen sei doch eine Ausrede gewesen.

Sie blickte mich erstaunt an. »Ein andermal«, meinte sie kurz angebunden und zwängte sich in ihr Sportcoupé.

MONTAG, 13. MAI, ABENDS

Gegen 19 Uhr rief mich Rita an. Sie hätte über meine Frage von heute Morgen nachgedacht und sei zu der Entscheidung gekommen, ich sollte Bescheid wissen, wenigstens in groben Zügen. Ob ich den *Kapuzinerkeller* kenne. Als ich verneinte, beschrieb sie mir in allen Einzelheiten den Weg, bemerkte wohl, dass sie meine Ortskenntnis überschätzt hatte, und fasste zusammen: »Wenn du von deiner Wohnung in der Parkstraße Richtung Kaiserallee gehst, bist du in zehn Minuten da.«

Nach einigen Umwegen stand ich davor, suchte den Eingang und fand schließlich Treppen, die nach unten führten. Ein alter Gewölbekeller mit Nischen, rustikalen Lampen und eichenen Tischen, Traubenpressen, Fässern mit geschnitzten Fassböden, landwirtschaftliches Gerät wie aus dem Museum – Rita winkte mir aus einer Ecke zu, bemerkte mein Erstaunen über die Dekorationsstücke und erklärte: »Der Pächter sammelt alles, was mit Weinbau zu tun hat. Hier bekommst du den besten Trollinger aus dem Fass, Zwiebelkuchen das ganze Jahr, aber auch kulinarische Spezialitäten wie Weinbergschnecken an Rieslingsößle.«

Ich war neugierig geworden und bestellte mir einen Trollinger und eine Portion Kässpätzle, Delbosco ein weiteres Viertele zu ihren Sauren Kutteln.

»Also, warum ich die Geschichte mit der Bäringer Schule an dich abgegeben habe – das hat schon einen ganz bestimmten Hintergrund. Ich habe dir doch von Eberle erzählt, dem Großbäcker mit der Brezelfabrik, Vater von Tobias, den wir heute Morgen mit seiner Freundin getroffen haben. Kurz nach dem mysteriösen Einbruch in seinen Lagerschuppen, bei dem angeblich nichts geklaut wurde, bekamen wir ein anonymes Schreiben – eine ganz merkwürdige Sache – einen Brief, zusammengesetzt aus einzelnen ausgeschnittenen Buchstaben aus der Zeitung. Darin wurde uns mitgeteilt, dass Eberles Brezel- und Brötchenteig mit Rattengift versetzt wird, wenn er nicht zahlt. Keine Angaben über die Summe, nichts von einer Übergabe. Unter dem Schreiben ein ausgeschnittener Gartenzwerg.

»Warum hat sich der Erpresser nicht direkt an Eberle gewandt?«

Rita zuckte die Schultern, ging nicht weiter darauf ein. »Und jetzt kommt's«, sie nahm einen tiefen Schluck von ihrem Trollinger, sah mich herausfordernd an, baute genüsslich Spannung auf. »Der Mann, den die beiden auf dem Schulhof gefunden haben …«

»Der Penner, der aus dem Krankenhaus getürmt oder entführt worden ist?«

Rita nickte ungeduldig. »Schon im Sankra hat ein Sanitäter seinen Rucksack durchsucht, um seine Personalien festzustellen.« Wieder machte sie eine Kunstpause, genoss die Spannung, die sie aus meinem Gesicht ablas, und verkündete dann triumphierend: »Papiere fand er keine, aber in einer Rucksacktasche ein Päckchen mit Zinkphosphid!«

Sie schaute mich geheimnisvoll an, doch ich konnte nur mit dünner Stimme nachfragen: »Zinkphosphid?«

Rita nickte versonnen, nahm noch einen Schluck Trollinger und erklärte geduldig: »Zinkphosphid ist ein Rodentizid, ein Ratten- und Mäusegift, heute in der EU nicht mehr zugelassen, aber doch noch weit verbreitet. Weizenkörner werden damit versetzt, sogenannter Giftweizen wird dann als Köder ausgelegt.«

»Und? Hat man damit seine Identität feststellen können?«

Sie winkte ab, wirkte genervt. »Kapierst du's nicht? Der Einbruch in den Lagerschuppen, bei dem angeblich nichts wegkam. Früher hat man Rattengift in Mühlen und Scheunen verwendet, um Mäuse von den Mehlsäcken abzuhalten. Heute wär's ein Skandal, wenn herauskäme, dass hochgiftiges Zinkphosphid in den Räumen einer Großbäckerei gelagert würde. Deshalb hat Eberle behauptet, es sei nichts geklaut worden, und dann hat er schleunigst das restliche Zeug verschwinden lassen und alles drangesetzt, dass die Polizei nicht weiter seinen Schuppen untersucht. Und jetzt das Erpresserschreiben.«

»Du meinst, die Schnapsleiche …«

»Genau!«, dröhnte Rita erleichtert. »Der hat das wohl von langer Hand geplant. Sein Suff ist ihm dazwischengekommen – oder seinen Auftraggebern. Aber zurück zu dem Erpresserschreiben. Ich ruf also gleich bei der Kripo an, wenig später kommt ein Kommissar vorbei, Böckle, merk dir den Namen, Spezialist für solche Fälle. Der nimmt den Brief mit zu Eberle. Nach langem Hin und Her ist Böckle einverstanden, dass ich ihn begleite, dafür muss ich ihm aber versichern, die Sache absolut vertraulich zu behandeln, vorerst nichts darüber zu schreiben. Eberle ist am Boden zerstört. Böckle versucht ihn zu beruhigen. Das mit der Erpressung könne alles auch nur ein Scherz sein, wenn auch ein sehr übler. Ob er sich in letzter Zeit mit jemandem angelegt hätte. ›Der Gartenzwerg!‹, ruft Eberle. Ich denke, jetzt ist er übergeschnappt, aber dann beginnt er zu erklären, der Onkel seiner Frau, Clemens Sauter, ein ganz seltsamer Kauz, mit dem sei er vor Kurzem zusammengerasselt.« Sie schweifte etwas ab: »Also der Clemens Sauter betreibt direkt neben seiner Brezelfabrik eine Manufaktur für Gartenzwerge, aber nicht der übliche Kitsch. Angefangen hat er in den 80er- Jahren mit Bierkrügen mit Gesichtern von Franz Josef Strauß, Willy Brandt, Hans-Dietrich Genscher und Helmut Kohl. Die waren vor Jahrzehnten wohl ein Renner. Jetzt hat er sich auf Polit-Gartenzwerge verlegt und wird deshalb in Bäringen nur ›der Gartenzwerg‹ genannt. Kein Politiker ist vor ihm sicher. Jeder Zwerg ein besonderes Kunstwerk, sag ich dir. Eine Satire auf die üblichen Gartenzwerge und eine saugute Karikatur der Politikertypen – jedenfalls, der Eberle will ihm seine Manufaktur abkaufen, er braucht Platz, um zu expandieren, aber Sauter hat abgelehnt, obwohl er wohl kurz vor der Pleite steht. Eberle hat wohl etwas heftig reagiert. Böckle sagt, so dumm sei wohl keiner, einen Erpresserbrief quasi mit seinem Namen zu unterzeichnen. Der wahre Erpresser wolle wahrscheinlich den Verdacht auf Sauter lenken oder das mit dem Gartenzwerg sei bloß ein Gag.«

Ich unterbrach sie. »Als Täter kommt doch wohl in erster Linie der Mensch mit dem Rattengift im Rucksack in Betracht. Hast du dem Böckle denn nichts von deinem Verdacht erzählt?«

»Das lass ich die Polizei mal selbst herauskriegen«, meinte sie schadenfroh. »Die sollen ihn erst finden. Aber die eigentliche Frage ist doch die: Ist die Schnapsleiche der Erpresser oder das Werkzeug, in diesem Fall also eigentlich das Opfer? Wenn er tatsächlich allein hinter der Sache stünde, müsste er als Ortsfremder, der er ja wohl ist, die Verhältnisse in Bäringen erstaunlich schnell und zutreffend analysiert haben. Und eben das glaub ich nicht.«

Rita bestellte sich ein weiteres Viertele, sinnierte eine Weile schweigend vor sich hin. Ich fand ihre Ausführungen zwar nicht uninteressant, verstand aber nicht ganz, was sie mit mir und dem Bäringer Schulskandal zu tun haben sollten.

»Die Geschichte ist ja noch nicht zu Ende«, gab sie mir nachsichtig zu verstehen. »Heute ist wieder ein Brief gekommen, wieder nicht an Eberle, sondern ans *Echo*, wieder anonym mit ausgeschnittenen Buchstaben zusammengepuzzelt. Diesmal hat der Erpresser die Summe angegeben, 10.000 Euro in Fünfhunderterscheinen, aber kein Hinweis, wie oder wo das Geld übergeben werden soll. Heute Nachmittag fahr ich also gleich zu Eberle. Der ist völlig aufgelöst. Eine halbe Stunde davor hatte er in der Backstube ein Päckchen Rattengift gefunden – Zinkphosphid. Er hat sofort Böckle angerufen, und nach einer Viertelstunde sitzen wir wieder zu dritt in Eberles Büro. Der Kommissar verpflichtet uns zu höchster Geheimhaltung. Eberle versichert, dass er niemandem, weder im Betrieb noch in seiner Familie, was von der Erpressung gesagt hätte. Ich sage, mein Chef wisse zwar Bescheid, aber aus der Redaktion würde nichts durchsickern. Böckle schüttelt den Kopf, wegen der seiner Meinung nach so geringen Summe. Wer geht denn wegen 10.000 Euro ein solches Risiko ein! Ein Profi hätte mindestens das Zehnfache verlangt. Eberle jammert. ›Ich würd ja zahlen, aber wem?‹ Und ich komme mir vor wie einer, der sechs Richtige getippt, seinen Schein aber nicht abgegeben hat. Was für eine Story! Der Erpresser wendet sich direkt an uns! Was für Schlagzeilen – über Tage, über Wochen –, aber die Polizei verbietet uns zu berichten. Ich hab gleich danach alles mit dem Juniorchef durchgesprochen. Ich soll weiter dranbleiben, sammeln, aber vorerst kein Bericht. Die Sache sei ihm zu heiß. Eberle ist der größte Steuerzahler in Bäringen. Du kannst dir denken, dass ich zurzeit keine Nerven habe, mich mit Dörthes Intrigen im Bäringer Schulskandal herumzuschlagen.«

Der Trollinger war eine Wucht. Ich bestellte noch einmal ein Viertele, Rita schloss sich an, vergatterte mich gleich danach zu absolutem Stillschweigen über den Fall, den sie mir gerade ausgeführt hatte.

»Klar doch, Rita«, beruhigte ich sie. »Du kannst dich auf mich verlassen. Aber über den Clemens Sauter und seine politischen Gartenzwerge würde ich gerne mehr erfahren.«

»Besuch ihn, wenn du wieder nach Bäringen kommst, es lohnt sich. Grüß ihn von mir. Sauter ist inzwischen ein rüstiger Siebziger, trägt lange Haare und einen Vollbart, sieht selbst fast wie ein Gartenzwerg aus.«

Sie bemerkte mein Erstaunen, lächelte schelmisch. »In den 60er-Jahren hat er Philosophie und Kunst studiert, dann eine Zeit lang in Berlin als Taxifahrer gejobbt, bis er auf die Idee mit den Bierkrügen gekommen ist. Soll ein ganz Radikaler gewesen sein, damals 1968, Anarchist, zusammen mit Fritz Teufel in der Kommune I, Spaßguerilla, wenn du verstehst, was ich meine.«

Ich nickte, obwohl ich mir nicht ganz sicher war. Spaßguerilla – so nannten sich doch die Berliner Blödelkommunarden um Fritz Teufel und Rainer Langhans als nicht ganz ernst gemeintes Gegenstück zu der damals von den Terroristen der RAF vertretenen Strategie der »Stadtguerilla«. Stammte Fritz Teufel nicht aus Ludwigsburg? Schwaben in Berlin …

»Würdest du Sauter die Erpressung zutrauen?«

Rita winkte ab. »Schulden hat er genug, aber 10.000 Euro würden ihm nicht wirklich weiterhelfen. Zwar könnte das mit den 10.000 Euro erst der Anfang sein. Hat Eberle gezahlt, geht's weiter. Dazwischen kleine Pausen von ein paar Wochen, Eberle schöpft Hoffnung, dann kommt die nächste Erpressung – wieder ein überschaubarer Betrag, immer hart an der Schmerzgrenze. Aber ich glaube, Böckle hat schon recht, wenn er davon ausgeht, dass der Erpresser den Verdacht auf Sauter lenken will. Den Eberle, den Mann seiner Nichte, kann Sauter bestimmt nicht ausstehen, aber Rattengift? Das passt nicht zu ihm, das entspräche nicht seinem Niveau.«

Ich fragte sie, was weiter geschehen sei, welche Schritte die Polizei eingeleitet hätte.

»Eberles Betrieb wird observiert, die Produktion nach dem Rattengiftfund strengstens kontrolliert. Eberle selbst ist ein Nervenbündel. Er will zahlen, weiß nicht, wie und an wen, das Warten zermürbt ihn. Offensichtlich haben es die Erpresser gerade darauf abgesehen.«

Ich dachte über ihre letzten Worte nach, nahm einen Schluck Trollinger und erschrak, als ich in meinem Rücken eine dröhnende Stimme hörte.

»Das ist doch die rote Rita von der Zeitung!«

Der Typ, der auf unseren Tisch zugewankt kam, schien bereits deutlich über den Durst getrunken zu haben. Seine Augen hinter einer dicken schwarzen Hornbrille strahlten einen fiebrigen Glanz aus, die schütteren grauen Haare trug er zurückgekämmt, seine leicht gebückte dürre Gestalt steckte in einem grauen Anzug, der zwei Nummern zu groß wirkte. Etwas Komisches, aber auch Tragisches ging von ihm aus. Ich blickte irritiert auf meine Begleiterin, doch Rita machte nicht den Eindruck, von mir beschützt werden zu müssen.

»Herr Fröhlich, setzen Sie sich doch kurz zu uns«, meinte sie in beruhigendem Ton.

Fröhlich wehrte ab, blieb stehen, beugte sich zu Rita hinunter. »Ich will gar nicht lange stören, muss jetzt auch nach Hause. Aber eines will ich dir noch sagen. Schreib nicht solche unsinnigen Artikel wie über den besoffenen Obdachlosen, den armen Schlucker. Und über unsere Schule in Bäringen solltest du auch nicht immer wieder herfallen. Die Lehrer sind in Ordnung. Schreib doch über die wahren Skandale, über den Eberle, den Tagdieb, den verfluchten Dreckskerl. Aber das wagt ihr ja nicht, ich weiß, das verbietet euch euer Chef! Nichts für ungut – empfehle mich …«

Die letzten Worte gingen in einem unverständlichen Brabbeln unter. Fröhlich hatte bereits mit glasigen Augen den Ausgang anvisiert, stützte sich noch einmal kurz mit seiner rechten Hand auf Ritas Schulter ab, um sein Gleichgewicht wieder aufzubauen, und schwankte los.

»Was war denn das?«

Rita lächelte mühsam, seufzte. »Ein Opfer von Eberles Brezelparadiesen. Du hast doch heute Morgen vor

Fröhlichs ehemaligem Laden geparkt. Alteingesessene Bäringer Bäckerei in der weiß-nicht-wievielten Generation. Fröhlich hat sich gegen Eberles Konkurrenz nicht halten können, wie so viele andere auch. Eberle eröffnet Filiale um Filiale im ganzen Sulztal und ist schon bis nach Schoppendorf vorgedrungen.«

»Und weshalb duzt er dich?«

»Er kennt mich von früher, vom Verein, hab mal aktiv Judo gemacht. Er war mein Jugendleiter.«

»Traust du ihm die Erpressung zu? Immerhin hätte er ein Motiv.«

Rita schüttelte traurig den Kopf. »Hast du nicht gesehen, wie der drauf ist? Der ist völlig fertig, hat längst resigniert, und seine Bäckerei könnte er dadurch auch nicht mehr retten.

»Er scheint ihn aber abgrundtief zu hassen.«

»Da wäre er hier in der Umgebung nicht der Einzige.«

DIENSTAG, 14. MAI

Das Jagdschloss lag etwas außerhalb von Bäringen auf einer Anhöhe mit Blick auf das Städtchen. Riesige Kastanien umrahmten den klobigen Bau. Aus rotem Sandsteinfundament wuchsen zwei Stockwerke mit tiefbraunen Schindelwänden empor. Darüber zog sich ein ausladendes Walmdach, auf dem ein Türmchen mit spitzem Hut saß. Eine breite Freitreppe, ebenfalls aus rotem Sandstein, führte mit geschwungenen, sich verjüngenden Stufen zu einem repräsentativen, gewölbten, wappengeschmückten Eingangsportal.

Ich parkte meinen Käfer auf dem geräumigen Platz vor dem Schloss neben einer Zeile von einem knappen Dutzend Autos und öffnete die Fahrertür. Da schoss von hinten ein Schatten heran. Mit quietschenden Bremsen kam ein Fahrrad wenige Zentimeter vor der geöffneten Wagentür im knirschenden Kies zum Stehen. Ich drehte mich um und schaute in ein erstauntes Gesicht, dessen Züge sich zusehends verfinsterten.

»Mannomann! Das hätte aber leicht ins Auge gehen können! Ein kurzer Blick in den Rückspiegel und Sie hätten mich doch sehen müssen!«

Als er meinen erschrockenen Blick bemerkte, lenkte er ein.

»Vielleicht bin ich auch etwas rasant abgebogen.«

Er stieg ab, ich entschuldigte mich und der Radler streckte mir seine Hand zur Begrüßung hin. »Schwamm drüber. Kommen Sie auch zum Elternabend? Ich habe einen Jungen in der vierten Klasse, der eigentlich ganz gerne in die Schule geht. Möchte wissen, was das soll, die Eltern ins Schloss zu zitieren?«

Ich erklärte ihm, dass ich von der Zeitung sei, erst seit Kurzem in dieser Gegend, der erste Auftrag sozusagen.

Er musterte mich kurz. »Und der führt Sie gleich in die Höhle des Löwen?«

Ich schmunzelte und antwortete, dass ich schon neugierig sei, die eigentliche Kommandozentrale des *Schoppendorfer Echos* kennenzulernen.

Auf dem Weg über den Platz zum Schloss fragte der Radler, ob ich schon einmal in Bäringen gewesen sei. Ohne eine Antwort abzuwarten, legte er los: Das Städtchen habe früher bessere Zeiten gesehen. Einst Sommerresidenz der Grafen von Bäringen, dann Heilbad mit Kurbetrieb, aber bereits nach dem Ersten Weltkrieg in Dornröschenschlaf versunken, keine Industrie, wenn man von der Brezelfabrik absehe, aber eine grandiose Landschaft. An Sommerwochenenden Ausflügler, Tagestouristen, einige schöne Gasthäuser und das Jagdschloss aus dem 16. Jahrhundert. Er sei Andreas Schwab.

Die Halle erstrahlte in weißem Marmor unter glitzernden Kronleuchtern. Rechts und links führten rot beläuferte Treppen in die oberen Stockwerke, direkt vor uns klebte an einer schweren, halb geöffneten

Eichentür ein Schild mit Großdruck »Elternabend«. Sie führte in einen Salon. Ein gutes Dutzend Eltern saß dort etwas verloren in tiefen Sesseln.

»Mehr hat die Dörthe wohl nicht auftreiben können«, meinte Schwab sarkastisch. Kaum hatte die Gastgeberin uns ausgemacht, runzelte sie kurz die Stirn, dann setzte sie ein gewinnendes Lächeln auf und steuerte uns an. Während sie Schwab unbeachtet stehen ließ, ihm nicht mal kurz pflichtgemäß zunickte, nahm sie mich beim Arm und zog mich mit zu einer Gruppe lärmender Senioren.

»Darf ich dir unseren neuen Lokalredakteur vorstellen?«, wandte sie sich an einen Hünen mit rotem Gesicht und schlohweißen Haaren, der gerade schallend über einen Witz gelacht hatte, der ihm von einem hageren Altersgenossen gestenreich erzählt worden war. Er fuhr herum, strahlte Dörthe Eisenbrey noch immer mit lachendem Gesicht an und schien erst allmählich aus dem erheiternden Gespräch, das er zuvor geführt hatte, aufzutauchen.

»Bitte, was hast du gesagt?«

»Herr Niklas, unser neuer Lokalredakteur«, wiederholte sie mit leicht vorwurfsvollem Ton. »Hat diese Woche bei uns angefangen.«

Der Alte schaute mich aus seinen tiefblauen Augen einen Moment lang verständnislos an. Traumschiffkapitän oder Heiratsschwindler, dachte ich unwillkürlich. Dann schien der Alte die Worte seiner Nichte verarbeitet zu haben.

»Das ist schön, dass ich Sie gleich in Ihrer ersten Woche bei uns kennenlerne. Sie arbeiten also jetzt mit der Delbosco zusammen?«

Ich bejahte, sagte brav, dass ich mich auf meine Arbeit riesig freue, dass ich schon immer ... Der Traumschiffkapitän schien mir nicht mehr zuzuhören, suchte den Blick seiner Nichte, die ihn offensichtlich verstand und sich erlösend einschaltete.

»Da drüben steht die Elternbeiratsvorsitzende, Frau Mattes, die muss ich Ihnen unbedingt vorstellen.«

Frau Mattes befand sich in angeregtem Gespräch mit einer Dame, die mir als Sabine Harsch, Gattin des Apothekers am Ort, vorgestellt wurde. War das nicht die mit dem Knaben, der die Empfehlung für das Gymnasium nicht bekommen hatte?

»Wie gefällt es Ihnen in unserem schönen Sulztal?«, fragte sie mich mit einem Ton, der nur Begeisterung erheischen konnte. Ich lobte die herrliche Landschaft, die stilvolle wohltuende Atmosphäre hier in diesem historischen Jagdschloss, was Dörthe Eisenbrey dankbar aufnahm, bevor sie verkündete, dass sie mich nun zu meinem Platz führen wolle. Ob sie mich auch dem Schulleiter und der Lehrerin vorstellen könnte? Sie schaute mich erstaunt an und meinte etwas kurz angebunden, es sei besser, wenn die Eltern heute Abend unter sich seien.

»Und die Presse?«, wagte ich einzuwenden.

»Wir haben hier nichts zu verheimlichen«, antwortete sie spitz und wies mir meinen Platz zu, ganz vorn in einem der tiefen Klubsessel. Als ich in ihm versunken war, bemerkte ich, dass ich neben dem Alten saß.

Helen Mattes, die Elternbeiratsvorsitzende, eröffnete den Elternabend mit belanglosen Artigkeiten: Dank für das zahlreiche Erscheinen, Komplimente an die Gastgeberin. Sie wirkte etwas unsicher, schielte zu mir hinüber, verbiss sich aber, auch die Presse zu begrüßen. Sie seien hier ganz spontan bei Dörthe, bei Frau Eisenbrey, zusammengekommen, um sich über die Vorgänge in der vierten Klasse auszutauschen. Es müsse endlich etwas geschehen.

In wenigen Wochen käme der Übergang an die weiterführenden Schulen, und beim letzten Elternabend hätte die Klassenlehrerin, wie sie ja alle gehört hätten, verkündet, sie sei am Ende, wisse nicht mehr weiter. Die Kinder seien so unaufmerksam, einige störten dauernd den Unterricht, und Schlägereien auf dem Schulhof hätte es auch gegeben.

»Warum treffen wir uns nicht in der Schule, und warum sind weder die Klassenlehrerin noch der Schulleiter anwesend?«, warf Andreas Schwab ein.

Die Mattes schaute verunsichert zu Dörthe Eisenbrey, die sich energisch erhob. »Wir müssen endlich handeln. Niemand sollte die Probleme jetzt kleinreden. Wir Eltern wollen ernst genommen werden. Wir verstehen uns als Kunden des Dienstleistungsunternehmens Schule und was kriegen wir geboten? Inkompetenz in Sachen Erziehung, ausweichende Antworten auf unsere Forderungen, Vertröstungen, aber nichts, rein gar nichts ändert sich. Jetzt wird die Presse darüber berichten, dann wird man denen schon etwas Feuer unterm Hintern machen.«

Einige lachten, andere schauten etwas verstört. Der Alte klatschte gemessen Beifall und neigte sein fleischiges Gesicht zu mir herüber. »Jetzt geht's den Steißtrommlern an den Kragen. Sollen endlich was tun für ihr Geld, nicht nur an die Ferien denken. Kennen Sie das Hauptproblem der Lehrer?« Er wartete meine Antwort nicht ab. »Sie wissen nicht, wann sie den Skiträger mit dem Surfbrettträger austauschen sollen!«

Er lachte schallend, schlug mit der flachen Hand auf seinen Schenkel und ersparte mir dadurch eine Antwort, wofür ich ihm dankbar war. ›Selig sind die, die nichts zu sagen haben und den Mund halten‹, sagt Oscar Wilde.

Eine Mutter meldete sich. Ob es denn richtig sei, die Sache so in die Öffentlichkeit zu tragen? – Einige Eltern unterstützten sie lebhaft. – Das schade doch dem Ruf der Schule und Bäringen könne nichts weniger vertragen als noch mehr Negativschlagzeilen.

Die aufgekommene Unruhe legte sich, als die Elternbeiratsvorsitzende der Apothekersgattin das Wort erteilte.

»Es geht um das Wohl unserer Kinder. Sie haben ein Recht auf ungestörten Unterricht und angemessene Förderung, und wenn das nicht gewährleistet ist, müssen wir uns wehren.«

»Komm schon, Sabine«, unterbrach sie Schwab.

»Erinnerst du dich noch daran, als wir zur Schule gingen? Verglichen mit damals sind das doch Peanuts! Die Klassenlehrerin ist mit den Nerven fertig – und warum? Weil unsere kleinen Lieblinge sich nicht benehmen können. Weil wir ihnen das anscheinend nicht haben beibringen können. Sie hat uns auf dem Elternabend ihr Leid geklagt. Vielleicht wollte sie uns auch einfach nur bitten, auf unsere Kinder einzuwirken, dass sie ihr das Leben nicht weiter zur Hölle machen. Vermutlich ist alles halb so wild. Ich habe heute meinen Steffen gefragt. Der geht gerne zu ihr in den Unterricht, und seine Leistungen sind auch nicht schlecht. Glaubst du, die Probleme sind damit behoben, wenn wir die Lehrer in der Presse fertigmachen?«

»Darum geht es doch gar nicht. Es ist der Schulleiter, der hier völlig versagt, und das nicht erst seit dieser Geschichte«, fiel ihm die Eisenbrey ins Wort. »Wenn der die Sache so eskalieren lässt, tut mir die Klassenlehrerin leid. Ihr müsste geholfen werden, und vielleicht sind wir gerade dabei, das zu tun? Warum gibt es an der Schule eigentlich keinen Schulpsychologen?«

»Nun hör aber auf«, ereiferte sich Schwab. »Wir sind hier in Bäringen und nicht in Neukölln. Und was den Schulleiter angeht – Herr Schmidt kann sich auch nicht wie ein Polizist ins Klassenzimmer der Viererstellen, schließlich unterrichtet er gleichzeitig selber seine eigene Klasse.«

»Die Zustände werden immer schlimmer«, meldete sich eine Mutter zu Wort. »Und jetzt noch das mit dem Gewaltverbrechen auf dem Schulhof. Man hat ja keine ruhige Minute mehr, wenn die Kinder in der Schule sind.«

»Das hat aber jetzt rein gar nichts mit Herrn Schmidt zu tun, oder?«, ereiferte sich Schwab.

»Aber wie wirkt das auf die Kinder? Da oben herrscht doch keine Lernatmosphäre mehr! Und das hat der Schulleiter sehr wohl zu verantworten. Der soll dafür sorgen, dass die Kinder in Ruhe lernen können.«

Mit einem Mal war Unruhe bei den bisher eher gelangweilt wirkenden Eltern aufgekommen. Der Besoffene sei von der Mafia aus dem Krankenhaus entführt worden. Russenmafia, berichtigte ein Vater, der Penner sei selbst ein Russe, habe sich mit Wodka volllaufen lassen, wollte sich wohl Mut antrinken, sollte die Tochter von Eberle kidnappen. Ein seit Langem gesuchter Schwerverbrecher. Deshalb hätten ihn seine Komplizen aus dem Krankenhaus entführt.

Wilde Gerüchte, widersprach ihm ein jugendlicher Vater mit Ohrring und Nackentattoo. Das Stimmengewirr wurde immer lauter, bis Dörthe Eisenbrey in die Hände klatschte und zur Ruhe mahnte. Man sei doch zusammengekommen, weil der schulische Erfolg unserer Kinder gefährdet sei.

»Die Lehrer von den Schoppendorfer Gymnasien sagen, die Kinder aus unserer Schule zeigen deutlich schlechtere Leistungen als die aus anderen Grundschulen«, ergänzte Sabine Harsch, »und die Übergangsquoten von unserer Schule ans Gymnasium sind eh schon schlecht.«

»Wir wollen doch nur das Beste für unsere Kinder«, bemühte sich Dörthe Eisenbrey mit einem gewinnenden Lächeln, das Streitgespräch zu beenden.

Es folgte eine Diskussion, die mehr einem Zwiegespräch zwischen ihr und der Harsch glich. Ab und zu brauste Schwab auf, meist beschränkte er sich auf halblaute spitze ironische Bemerkungen. Helen Mattes moderierte schweigend das Gespräch mit fahrigen Handbewegungen. Zunehmend verunsichert verfolgte das Häuflein Eltern den Schlagabtausch. Bevor die Stimmung zu kippen drohte, setzte Dörthe Eisenbrey einen vorläufigen Schlusspunkt.

»Sicher können wir gleich bei einem Schluck Wein noch ganz entspannt im kleinen Kreis weiterdiskutieren. Darf ich Sie ans Büffet bitten?«

Der Alte erhob sich erstaunlich gewandt und wartete, bis ich mich aus dem Klubsessel gearbeitet hatte. »Wir müssen auf Ihren Einstand beim *Echo* anstoßen.«

Er klopfte mir jovial auf die Schultern und schob mich mit sanftem Druck zu den gefüllten Gläsern auf der weißbetuchten Anrichte. Ich griff mir ein Glas Sekt-Orange.

»Die Eltern von heute wissen schon, was sie wollen. Die Zeiten, als die Schule Kinder, Mütter und Väter in Angst und Schrecken versetzt hatten, sind – Gott sei Dank – vorbei. Eine kritische Öffentlichkeit tut unserem Bildungswesen gut. Schreiben Sie das und schonen Sie die Lehrer nicht! Der Schmidt ist so was von sich eingenommen, dem tut eine kräftige Abreibung gut! Den müssen Sie wachrütteln!«

Er hob sein Glas, nickte mir zu und zog, ohne eine Antwort abzuwarten, los, um sich mit Häppchen zu versorgen. Ich nutzte die Gelegenheit und versuchte mich aus der Halle zu stehlen. Die Positionen waren klar, mehr brauchte ich nicht für meinen Artikel. Fotos hatte ich genug geschossen. Aber ich hatte kein gutes Gefühl. Wo war ich da nur hineingeraten!

Fast wäre ich mit ihr zusammengestoßen. »Du willst doch nicht etwa schon gehen!« Ihre meergrünen Augen blitzten spöttisch. Susanne hatte ihr Glas erhoben und prostete mir zu.

»Was machst du denn hier?«, fragte ich etwas verwundert.

»Dörthe hat mich eingeladen. Warst du noch gar nicht am Büffet? Hervorragend!«, jubelte sie und betonte dabei jede Silbe einzeln, »und erst die Weine!«.

»Muss noch Auto fahren«, stotterte ich und: »Hab schon alles, was ich brauche, Fotos, Interviews, mir reicht's vollauf.«

Sie ließ mich einfach stehen, steuerte den Alten an, der sie gleich fröhlich begrüßte.

Schwab lief mir in den Weg. Der Seniorchef habe mich ja gleich unter seine Fittiche genommen. Ich solle nur aufpassen, dass ja nichts Falsches in meinem Artikel stünde. Aber den Schulleiter sollte ich davor schon noch sprechen.

Langsam begannen sie mir alle auf die Nerven zu gehen. Was wollten die von mir? Offensichtlich war ich dabei, mitten zwischen die Fronten zu geraten. Die eine Elterngruppe versuchte, die schulischen Probleme ihrer Kinder durch den Gang an die Öffentlichkeit zu lösen, die andere wollte dies offensichtlich um jeden Preis verhindern.

Ich sortierte meine Gedanken und kam zu einem überraschenden Ergebnis: Eigentlich war das für einen Journalisten eine ideale Ausgangslage. Über nichts kann man unterhaltsamer schreiben als über Streit. Also sollte ich eigentlich dankbar sein für diese Vorgaben, wenn nicht die Verlegerfamilie der einzigen Zeitung im weiten Umkreis eindeutig Partei ergriffen hätte und eine Berichterstattung in ihrem Sinne zu wünschen schien. Das sprach jeglicher Pressefreiheit Hohn. Aber der Fall war noch verzwickter, wenn ich an meine Probezeit dachte. Schwab erwartete offensichtlich von mir, dass ich mich dem Druck meiner Brötchengeber entzöge, und die Friedle stand schon in den Startlöchern.

Schwab begann wieder von Schmidt zu sprechen, dass der sich hinter seine Lehrer stelle und dass ihm das hoch anzurechnen sei. Ich fragte ihn deshalb: »Eins habe ich noch nicht ganz begriffen. Wieso geht die Eisenbrey gegen den Schulleiter vor, wenn doch die Lehrerin der vierten Klasse Probleme mit ihren Schülern hat?«

Seine Stirn zog sich in Falten. Er wandte seinen Kopf, schaute über seine Schulter, und als er sicher war, dass niemand mithörte, begann er mit gesenkter Stimme: »Sie haben es ja selbst mitbekommen. Bürgermeister, Arzt, Apotheker, Presse – der harte Kern der Honoratioren hat seine Kinder in dieser Klasse. Sie nehmen es dem Schulleiter übel, dass er die Lehrerin nicht aus der Klasse herausnimmt, das Schulamt nicht davon überzeugt, dass sie an eine andere Schule versetzt wird. Die Eltern haben ihm gedroht, wenn er nicht endlich dafür sorge, dass die Klasse einen anständigen Lehrer bekäme, gäbe es einen Flächenbrand – und Dörthe ist gerade dabei, Feuer zu legen. Vielleicht sind sie ganz froh, einen Anlass dafür zu haben, dem Schmidt eins ans Schienbein zu geben. Einige offene Rechnungen mit ihm kommen wohl noch dazu. Dörthe und Sabine haben sich jedenfalls in den Kopf gesetzt, den Schmidt zu Fall zu bringen.«

Mir fiel ein, was mir Rita über Schmidt erzählt hatte. Der schien tatsächlich keinen Konflikt zu scheuen. »Einmal angenommen, Sie hätten recht, dann verstehe ich nicht, dass der Bürgermeister mitspielt. Er kann doch nicht so dumm sein und riskieren, dass sein Städtchen immer weiter in die Schlagzeilen kommt!«

Schwab schnaubte. »Der macht doch nur notgedrungen mit. Er hat hier einen schwachen Stand und kann es nicht riskieren, dass er die Unterstützung der Presse verliert. Die Eisenbrey schiebt ihn vor. Die Gemeinde ist nach dem Gesetz der Schulträger. Also soll er jetzt das Heft in die Hand nehmen.«

»Aber sie sitzt doch selbst am Schalthebel. Ihrer Familie gehört doch das *Echo*. Wieso braucht sie da den Schäuffele?«

»Ohne Umweg über den Bürgermeister? Das wäre wohl doch zu auffällig, nicht?« Schwab zog die Augenbrauen hoch und grinste ironisch.

Das war starker Tobak. Aber ich traute Schwab nicht ganz. Hatte der sich das selbst so zusammengereimt? Ich fragte ihn deshalb, woher er das denn alles wüsste und warum er so sehr daran interessiert sei, gerade mir diese Geschichte zu erzählen.

Schwab sah mich überrascht an, lief rot an und holte tief Luft. »Ich sitze seit fünf Jahren im Gemeinderat als Vertreter der Grünen, sozusagen als schwarzes Schaf wegen meines grünen Pelzes. Mit Dörthe und Sabine bin ich zur Schule gegangen. Ich weiß zur Genüge, wie die gestrickt sind. Und außerdem kotzt mich die ganze Sache an.« Wütend drehte er sich um und stürzte davon.

Helen Mattes schaute seinem Abgang interessiert zu, schien darauf gewartet zu haben, mich endlich allein sprechen zu können. »Viele Eltern hielten es für besser, wenn die Sache nicht in der Presse breitgetreten wird«, begann sie zögernd, »aber alle sind der festen Überzeugung, dass es so nicht weitergehen kann.«

Sie schaute an mir vorbei, während sie mit mir sprach, schien einen imaginären Punkt in der Ferne zu fixieren. Ich hatte die Gelegenheit nutzen wollen, hier Konkreteres zu erfahren. Doch bisher standen nur vage Vorwürfe und Beschuldigungen im Raum. Daraus konnte und wollte ich keinen Bericht über einen angeblichen Schulskandal schreiben, wie es offensichtlich von mir erwartet wurde. Als ich ihr das klargemacht hatte, begann sie mir zu erzählen, dass sie den Vorsitz im Elternbeirat eigentlich gar nicht hätte übernehmen wollen, aber sie hätte sich eben überreden lassen, und jetzt bekäme sie die Quittung dafür. Sie persönlich käme ja ganz gut mit der Klassenlehrerin aus, und auch gegen Rektor Schmidt habe sie eigentlich nichts, aber die Kinder würden eben immer schwieriger. »Früher hat man ihnen in der Schule Manieren beigebracht, heute lässt man ihnen alles durchgehen. Es kann doch nicht sein, dass Kinder ihre Lehrerin beschimpfen und auf sie losgehen wie in der vierten Klasse. Da muss man doch fragen dürfen, ob diese Lehrerin am rechten Platz ist. Bei Schmidt spuren die Kinder, vor ihm haben sie Respekt, das zeigt doch, dass es geht. Ich verstehe nicht, dass Schmidt nicht dafür sorgen kann, dass an seiner Schule solche Missstände abgestellt werden. Außerdem ist sie dauernd krank und müsste eigentlich vertreten werden. Manchmal schickt das Schulamt eine Vertretungslehrerin, aber häufig müssen die Klassen aufgeteilt und die einzelnen Gruppen in andere Klassen geschickt werden oder Eltern übernehmen die Aufsicht. Wie sollen die Kinder da gefördert werden?«

Ohne näher darauf einzugehen, versuchte ich herauszufinden, was denn nun wirklich passiert sei. »In diesem Brief der Eltern war doch von Mobbing die Rede, von Schutzgelderpressung und zunehmender Gewalt.«

Helen Mattes zuckte zusammen, vermied, mir in die Augen zu sehen, und antwortete ausweichend. »Wundern Sie sich darüber? Bei solchen Zuständen wächst doch die Aggression.«

Sie schien es plötzlich eilig zu haben, wünschte mir noch einen angenehmen Abend und rauschte ab. Wieder nichts Greifbares, ich begann allmählich zu resignieren.

»Nils, warte doch einen Augenblick!« Susanne Friedle kam mir nachgelaufen, und als sie mich erreicht hatte, drückte sie mir eine Papierserviette mit einer Pastetenschnitte in die Hand. »Lachsfarce mit Brokkolicreme, das musst du probiert haben!«

Während ich mir überlegte, ob ich mich zuerst bedanken oder gleich reinbeißen sollte, legte sie los: »Hat Rita mit dir über den rätselhaften Erpressungsfall gesprochen? Eigentlich ist das streng vertraulich. Aber es bleibt ja unter uns. Also, der betrunkene Penner auf dem Schulhof, du weißt schon – man hat ihn wieder in Bäringen gesehen.«

»Hat ihn die Polizei endlich geschnappt?«

Sie sah mich missbilligend an. »Du glaubst doch nicht etwa, dass der hinter der Erpressung und dem Einbruch steckt?« Sie schüttelte den Kopf. »Nichts als Vorurteile gegen die Verlierer unserer feinen Wohlstandsgesellschaft. Wenn du mich fragst, ist das ein armer Wicht, und gerade die Tatsache, dass er sich noch in Bäringen aufhält, beweist seine Unschuld. Nein, da setzt jemand Eberle unter Druck, der sich genau auskennt und weiß, wo dessen schwache Stelle sitzt.«

»Du meinst, das Zinkphosphid stammt aus seiner Großbäckerei?«

»Denk doch mal ein bisschen über den Tellerrand hinaus. Wenn das mit der Erpressung rauskommt, wird sich mancher doch fragen, wie der Täter zu dem Rattengift gekommen ist. Gibt's ja längst nicht mehr im Handel. Ein weiterer anonymer Brief mit dem Hinweis auf Eberles Lagerschuppen – vielleicht hat der Erpresser bei seinem Einbruch auch Dokumente gefunden: Lieferschein für Rattengift an die Brezelfabrik Eberle …«

»Und deshalb wendet er sich an die Zeitung und nicht direkt an Eberle, der ja zahlen würde, wie Rita versichert hat! Aber geht er damit nicht ein vermeidbares Risiko ein? Jetzt sitzt ihm die Polizei im Nacken!«

»Die er genauso linkt wie uns. Eben weil er weiß, dass Eberle nichts mehr scheut als die Öffentlichkeit, weil er Eberle abgrundtief hasst und weil er sich sehr sicher fühlt – oder weil er nichts mehr zu verlieren hat.«

»Eberle hat wohl einige Feinde in Bäringen.«

Susanne schaute sich um, rückte vertraulich näher, griff nach meinem Arm und hauchte mir ins Ohr: »Er ist nicht zimperlich, wenn es um sein Geschäft geht, genießt hier auch einige Privilegien, hat sogar schon mal dem Bürgermeister gedroht, seinen Firmensitz nach Schoppendorf zu verlegen, als ihm die Gemeinde Schwierigkeiten mit einer Baugenehmigung machte.«

Sie wich etwas zurück, zwinkerte mir zu, lächelte vielsagend. »Wir sollten uns einmal in aller Ruhe über den Bäringer Filz unterhalten. Ich könnte dir da Sachen erzählen …« Ihre Augenlider zitterten, ihre grünen Augen versuchten meinen Blick festzuhalten.

»Hast du einen Verdacht?«

Sie machte auf dem Absatz kehrt und hüpfte in die Halle zurück. Über die Schulter rief sie mir zu: »Eigentlich kommt da nur einer infrage.«

MITTWOCH, 15. MAI, VORMITTAGS

Als ich am nächsten Morgen in die Redaktion kam, wurde ich gleich zum Chef gebeten. Malte Eisenbrey saß hinter einem schweren Eichenschreibtisch, stand auf, als ich eintrat, kam mir entgegen und ließ mich an einem kleinen runden Tisch in einem tiefen Sessel Platz nehmen. Er selbst setzte sich mir gegenüber, bot mir Kaffee an, was ich dankend ablehnte. Eisenbrey schlug die Beine übereinander, fragte mich freundlich, ob mir mein neuer Arbeitsplatz gefalle, ob mir etwas fehle, ob ich noch Wünsche hätte. Dann kam er auf meinen ersten Auftrag zu sprechen, den Schulskandal in Bäringen.

»Das ist eine sehr verantwortungsvolle Aufgabe. Aber wir trauen Ihnen das zu. Ich denke, ich sollte Ihnen einige Hintergründe erklären. Die jetzige Auseinandersetzung zwischen der Elternschaft und dem Schulleiter in Bäringen ist sozusagen der Tropfen, der das Fass zum Überlaufen gebracht hat. Seit Rektor Schmidt an der Schule ist, gibt es ständig Klagen. Er zeigt keinerlei Verständnis für die Eltern, und die Vorwürfe der Gemeindeverwaltung häufen sich. Es gab auch schon mehrere Dienstaufsichtsbeschwerden ans

Schulamt.« Er verschränkte seine Arme hinter dem Kopf. »Ein Schulleiter muss ausgleichen, vermitteln, auch einmal über seinen Schatten springen können. Meine Nichte geht zu Frau Stein in die Klasse, und was mir meine Cousine erzählt, ist unvorstellbar. Hier herrschen Zustände wie im Wilden Westen. Die Frau ist nicht fähig, eine Klasse zu führen. Was macht Schmidt? Er kehrt die ganze Angelegenheit unter den Teppich, tut so, als ob nichts wäre. Er kann oder will nicht verstehen, dass die Eltern dringend eine Ablösung von Frau Stein fordern.«

Er stand auf, tigerte mit den Händen auf dem Rücken durch sein Büro, als ob er seine Ruhe wiederfinden müsste. Ich überlegte, ob ich mich ebenfalls erheben sollte, ob der Juniorchef mir damit andeuten wollte, dass das Gespräch nun zu Ende sei, da setzte er sich wieder.

»Wir müssen hier etwas tun. In solchen Fällen kann nur der Druck der Öffentlichkeit etwas bewirken. Schauen Sie, die Lehrer sind Beamte auf Lebenszeit. Unfähige Pädagogen – und die gibt es leider mehr als genug – kleben auf ihren Sesseln und unterrichten mehr schlecht als recht Jahre, Jahrzehnte, bis sie hochdotiert in Pension geschickt werden. Sicher, es gibt auch viele gute Lehrer, von denen die Kinder profitieren. Aber ist es nicht ungerecht, wenn Schüler bei einer überforderten und demotivierten Lehrkraft entscheidende Schuljahre nutzlos verbringen? Sollen Eltern das einfach schicksalhaft hinnehmen? Kinder sind unsere

Zukunft, heißt es so schön – müssen wir da nicht aufpassen, dass ihnen alle Chancen auf guten Unterricht ermöglicht werden?«

Er schaute mir auffordernd in die Augen, Zustimmung heischend, dann nickte er zufrieden. Anscheinend war er der Überzeugung, mich richtig programmiert zu haben, denn seine Züge heiterten sich auf, er schlug mit seiner flachen Hand auf sein Knie, stand erneut auf, diesmal eindeutig, um das Gespräch zu beenden. Ich erhob mich, Eisenbrey drückte mir die Hand.

»Ich denke, wir haben uns verstanden. Grüßen Sie Herrn Schäuffele von mir, wenn Sie ihn wiedersehen!«

Ich wollte noch etwas antworten, aber Eisenbrey war bereits an seinem Schreibtisch, nahm den Hörer vom Telefon und wählte. Mit der Linken winkte er mir unmissverständlich zu, dass ich sein Büro jetzt zu verlassen hätte.

So nicht, dachte ich mir, höchste Zeit, mir die Schule in Bäringen einmal genauer anzusehen.

Susanne schien auf mich gewartet zu haben. »Hat er dir ins Gewissen geredet? Ich wette, er hatte gestern Abend noch ein längeres Gespräch mit seiner Cousine. Hast du inzwischen das Rätsel gelöst?«

Ich begriff nicht gleich, dann fiel mir ein, was sie mir bei ihrem schnellen Abgang im Jagdschloss zugerufen hatte. »Du verdächtigst einen Bäringer, der sich an Eberle rächen will? Aber wie passt das mit dem Typen zusammen, bei dem man das Rattengift gefunden hat?«

Rita kam raschen Schrittes auf uns zu. »Na ihr zwei Hübschen, tauscht ihr Geheimnisse aus?«

Mit ironischem Grinsen antwortete ich: »Susanne gibt mir Rätsel auf, und ich versuche sie zu ergründen.«

Ritas Gesichtszüge verfinsterten sich. »Nicht nur dir gibt sie Rätsel auf.«

Ich zog es vor, dieses Gespräch zu beenden, entschuldigte mich damit, dass ich noch einen Termin mit dem Schulleiter in Bäringen klären müsste und zog ab in Richtung Großraumbüro.

Eine Stunde vor dem vereinbarten Treffen mit Schmidt war ich da. Ich wollte zunächst die Atmosphäre des Städtchens in mich aufnehmen. So stellte ich mein Auto am Rande des Schulhofs bei den Lehrerparkplätzen ab. Das in den Berghang gesetzte Gebäude lag idyllisch am Waldrand. Vom Schulhof bot sich ein eindrucksvoller Blick ins Sulztal. Hier sollten Angst und Gewalt umgehen?

Vom Schulhof aus überblickte ich fast das ganze Städtchen, den Marktplatz mit Rathaus und Bärenbrunnen, Eberles zukünftiges Brezelparadies mit den zugeklebten Schaufenstern der Bäckerei Fröhlich. Etwas abseits, Richtung Vorderwestersulz, fiel mir ein großes Gebäude auf, daneben eine lang gestreckte Halle. Das musste die Brezelfabrik sein. Dahinter konnte ich eine Baracke erkennen in einem ausgedehnten umzäunten, wild überwucherten Terrain. Wohnten hier die Gartenzwerge? Das wollte ich mir mal aus der Nähe ansehen, ich ließ mein Auto im Schulhof stehen und stieg hinab ins Städtchen.

In Sauters schmaler Einfahrt parkte ein uralter VW-Bus. Ich schob mich an ihm vorbei und stand direkt vor seinem Laden. Wenige Schritte daneben auf einem kniehohen Gestell die Gartenzwerge, aber was für schräge Typen! Sigmar Gabriel mit steiler roter Mütze und erhobener geballter Faust. Auf seinem Wams die Verse des Arbeiterliedes von Georg Herwegh: »Mann der Arbeit aufgewacht!« Wolfgang Thierse mit zerzauster Mähne und Vollbart, den Zeigefinger nachdenklich an den Nasenflügel gelegt. Sinnierte er über seine kürzlich geführte Attacke gegen die angeblich vorlauten Schwaben in Berlin, die im Ländle am Neckar die Gemüter erregte? Neben ihm Gregor Gysi mit tiefgründigem Grinsen, Hammer in der linken, Sichel in der rechten Hand, und da, Frau Merkel, ohne Mütze, mit Ponyfrisur und strahlendem Lächeln. Sie winkte mir zu! Ich konnte nicht widerstehen. Ich musste sie haben. Wie schön würde sie sich vor Frau Eiseles Rosenhecke machen!

Als ich die Tür öffnete, erklangen in sanften Glockentönen die ersten Takte der Internationalen. Ich hörte schlurfende Schritte, und dann stand er vor mir. Rita hatte nicht übertrieben. Wallendes weißgraues Haar bis auf die Schultern, ein dichter, ebenso weißgrauer Vollbart, eine grüne Arbeitsschürze, es fehlte nur die Zipfelmütze.

»Nils Niklas vom *Schoppendorfer Echo*, ich soll Ihnen einen Gruß von Rita Delbosco ausrichten. Sie meinte, wenn ich nach Bäringen käme, müsste ich unbedingt bei Ihnen vorbeischauen. Wie recht sie hatte! Diese Gartenzwerge sind ja irre komisch.«

Sauter lächelte hintergründig. »In Wirklichkeit ist die Realität ganz anders, aber manchmal ist die Politik nur in der Karikatur zu ertragen. Wir freuen uns am Skurrilen und vergessen darüber die bittere Wahrheit. Danke für den Gruß, richten Sie Rita aus, ich freue mich immer über geistreiche Leute, die an mich denken und mich ab und zu besuchen. Was kann ich für Sie tun?«

»Ich kenne ein Rosenbeet, da würde sich Frau Merkel wohlfühlen. Ist sie noch zu haben?«

»Frau Merkel ist zurzeit der Renner, ich komm mit der Produktion gar nicht nach, zuletzt hatte ich so was in der Spätzeit von Helmut Kohl erlebt. Ja, ja, eine Politikerpersönlichkeit muss reifen, bevor sie das Zeug zu einem Gartenzwerg hat.«

»Die anderen beiden sind aber auch umwerfend, wenn man das bei Gartenzwergen sagen darf.«

»Aber sie benötigen noch Attribute. Sehen Sie – bei Sigmar Gabriel den Gegensatz von geballter Faust, revolutionärem Spruch und fröhlichem Grinsen, oder bei Gysi Hammer und Sichel. Frau Merkel braucht das alles nicht mehr. Da reichen Pony-Frisur, Lächeln und Winke-winke.«

Wie das Winken denn zu verstehen sei? Sauter grinste. »Das ist es ja eben. Gute Satire ist deutungsoffen, setzt aber die Bereitschaft mitzudenken voraus. Merkel ist zu einer deutschen Symbolfigur geworden. In manchen Ländern der EU sieht man das etwas anders. Dort ist sie eher die ›eiserne Kanzlerin‹, wenn sie nicht gleich mit Hitler verglichen wird. So gesehen hätte ich sie auch als starke Göttin Germania darstellen können.«

»Etwas von Bismarck hat sie ja.«

Sauter schmunzelte. »Das sehe ich genauso. Auch mit ihrem Namen ließe sich da was machen.«

»Bismerkel?«, ulkte ich.

Sauter nickte. »Aber so was ginge nur in Griechenland. Bei uns würde man das nicht so sehen wollen. Da ist sie Mutti, die alles in ihrer Familie fest im Griff hat.«

Während er mir Frau Merkel in einen vergilbten Bogen der Frankfurter Rundschau einwickelte, fragte ich beiläufig, wie es nun weiterginge mit seinem Betrieb. Ich hätte gehört, Eberle wolle sein Gelände für einen Erweiterungsbau seiner Brezelfabrik kaufen.

Sauter unterbrach sein Geschäft und sah mich mit funkelnden Augen an. »Wer hat denn das behauptet?«

»In der Redaktion hört man so allerlei«, sagte ich leichthin und setzte noch eins drauf. »Er soll Ihnen ein großzügiges Angebot gemacht haben.«

»Der Eberle kann mich mal«, brummte Sauter. »Der soll sein Geld behalten. Es interessiert mich nicht. Es gibt Erfüllenderes als Geld. Ich bin mitten in der neuen Produktion. Jeder Regierungswechsel ist eine neue

Herausforderung und bietet neue Marktchancen. Was mich an der Sache gestört hat, war seine Drohung, meine Gläubiger unter Druck zu setzen. Aber das wird ihm nicht gelingen.«

Er hatte sein verschmitztes Lächeln wiedergefunden, steckte die verpackte Frau Merkel in eine Plastiktüte von Lidl und reichte sie mir. »Was halten Sie von Thomas Strobl und Winfried Kretzschmann? Wenn Sie mich fragen, haben die beiden das Zeug dazu, erfolgreiche Gartenzwerge zu werden. Der Strobl braucht vielleicht noch ein bisschen, aber der Kretzschmann hat schon erstaunliches Gartenzwergformat.« Er hieb mit der flachen Hand auf den Tisch. »Verkaufen und aufhören? Ich bin noch viel zu jung dafür, die Hände in den Schoß zu legen und mich aufs Altenteil zurückzuziehen – alles hat Grenzen, nur die Dummheit ist unendlich.«

Wie er das meine?

»Wenn du merkst, dass du ein totes Pferd reitest, steige ab«, antwortete er kryptisch.

Zum Abschied ertönte wieder die Internationale, dann stand ich draußen und blickte auf den abenteuerlichen VW-Bus, der immer noch die Einfahrt blockierte. Die Seitentür stand offen, sodass ich mich kaum vorbeidrücken konnte.

»'Tschuldigung«, grinste mich ein verwegener Typ an. »Bin gleich wieder weg.« Er mochte in Sauters Alter sein. Verfilzte gelbweiße Haare fielen auf ein blau-verwaschenes T-Shirt, das sich über einen stattlichen Bauch spannte. »Hetz mich nicht!«, stand da in großen Lettern. Die farblich schwer zu bestimmende Cordhose wurde von einem Seil zusammengehalten, das anstelle eines Gürtels vor dem Bauchnabel mit einer Schleife zugebunden war. Noch ein Gartenzwerg! Ob der Sauter Modell steht?

»Ich hab Zeit«, grinste ich ihn an.

Da blitzten seine blauen Äuglein schalkhaft unter den buschigen Brauen. »Falls Sie Schneewittchen suchen, die ist leider gerade verhindert.«

»Ist ihr der Apfel nicht gut bekommen?«

»Äpfel sollte man nur in destilliertem Zustand zu sich nehmen«, flachste der Dicke und begann, einen Zementsack aus dem Auto zu ziehen.

Ich setzte Frau Merkel ab. »Warten Sie, ich helfe Ihnen!«

Zu zweit wuchteten wir den Sack auf eine Schubkarre, die unter der Last ächzend nachgab.

»Danke, Engel.«

Es dauerte einen Moment, bis ich begriffen hatte, dass sich der Dicke gerade vorgestellt hatte. »Nils Niklas vom *Schoppendorfer Echo*.«

Er betrachtete mich spöttisch. »Bevor Sie lange weitersuchen – die Schnapsleiche steht vor Ihnen. Sauter hat mir Asyl gewährt.«

Ich fiel aus allen Wolken. Da sucht die Polizei tagelang nach dem verschwundenen Penner und dann läuft er ausgerechnet mir bei den Gartenzwergen über den Weg. Engel bemerkte mein Erstaunen.

»Sie haben gar nicht nach mir gesucht? Da bin ich aber enttäuscht.«

»Nicht ich, die Polizei sucht Sie!«

Engel winkte ab. »Die soll mich mal, warum lassen die einen nicht einfach in Ruhe ausschlafen? Entführen die mich ohne zu fragen ins Krankenhaus! Aber komfortabler als in der Ausnüchterungszelle, das muss ich sagen.« Er blickte mich treuherzig an. »Können Sie schweigen?«

Ich zögerte einen Moment, nickte.

»Ich auch«, lachte Engel, nahm die Karre auf, wünschte mir einen erfolgreichen Tag und dampfte ab.

Als er außer Sicht war, machte ich mich auf in Richtung Brezelfabrik und war bald in das verwilderte Wiesenstück eingetaucht, durch das ein schmaler Fußpfad führte. Schon von Weitem fiel mir der alte Lagerschuppen auf. Beim Näherkommen sah ich die eingeschlagene Fensterscheibe. Auf dem Kiesstreifen, der ihn umgab, lagen Glasscherben. Hier also hatte der Einbruch stattgefunden, und aus diesem Schuppen stammte das Rattengift. Ich wagte einen Blick hinein. Alles aufgeräumt, nichts wies mehr auf einen Einbruch hin. Ich schaute zurück. Sauters Laden war von hier aus gut zu überblicken: die Einfahrt mit dem VW-Bus, das einstöckige Gebäude mit seiner Werkstatt, die Gartenzwergparade. Keine drei Minuten hatte ich bis zum Schuppen gebraucht.

»Was machet Sie hier?«

Ich fuhr herum und stand einem bärbeißig dreinschauenden, wohlbeleibten Schnauzbart gegenüber.

»Dasselbe könnte ich Sie fragen«, antwortete ich mit gespieltem Gleichmut.

»Au no frech werda?«, bellte mich der Schnauzbart an. »Ich bin hier der Hausmeister und Sie stehet auf Privatgelände.«

Ich spielte weiter Gelassenheit vor, stellte in aller Ruhe mein Paket ab. »Nun mal langsam, werter Herr. Darf ich mich zunächst mal vorstellen? Nils Niklas vom *Schoppendorfer Echo*.« Meine dargebotene Hand beachtete er nicht. Nicht mehr ganz so ruhig erklärte ich: »Hab gerade mit Herrn Sauter gesprochen und ihm einen seiner Gartenzwerge abgekauft. Da ich schon mal da war, wollte ich mir ansehen, wo hier eingebrochen worden ist. Ich halte es übrigens für einen glücklichen Zufall, dass ich dabei gleich mit Ihnen zusammengetroffen bin, vielleicht können Sie mir weiterhelfen.«

Der Hausmeister schien leidlich versöhnt, versuchte sein Poltern zu entschuldigen. »Sie werdet versteha, dass wir hier vorsichtig gworda send, nach dem, was bassierd isch.«

»Schon merkwürdig! Schlägt einer das Fenster ein, um in den Schuppen zu kommen und nimmt nichts mit.«

»Der Kerl wird halt was Bschtimmtes gsucht haba ond net gfonda.« Pause.

Ich schaute ihn auffordernd an.

»Schnaps, Alkohol, Zigaretta, was weiß i … Wenn Se mi fraget, des war der Kerle, den se im Schulhof gfonda hen und den der Sauter jetz bei sich uffgnomma hat, aber nix gwiß weiß mer net.«

»Haben Sie irgendwelche Spuren gefunden?«

Der Hausmeister schüttelte den Kopf.

»Vielleicht hat jemand nur die Scheibe eingeworfen, Lausbubenstreich?«

»Noi, der Kerl war drin.«

»Woher wissen Sie das?«

»Weil davor war hier net älles« – Pause – »so aufgräumt« – Pause – »ond älles viel schtaubiger.«

»Weshalb soll der Typ hier aufgeräumt haben, nachdem er nichts gefunden hat?«

»Spuren verwischen, weil des Rattengift hat er ja scho mitgnomma.«

Ich bedankte mich für seine Auskunft, gelangte über das Gelände der Brezelfabrik wieder auf die Straße und steuerte den Schulhof an.

Durch einen kleinen Vorbau betrat ich das Schulhaus. Im Eingangsbereich Kinderzeichnungen, in einer Vitrine polierte Pokale und Urkunden, die sportliche Erfolge demonstrierten. Aus einem der Klassenzimmer klang Kindergesang, der mich eher an Hip Hop erinnerte als an die Lieder, die man noch zu meiner Schulzeit gesungen hatte.

Christian Schmidt kam mir bereits auf der Treppe entgegen. Ich hatte ihn mir deutlich älter vorgestellt.

Sportlicher Typ, Mitte 30. Über seinen Jeans trug er ein dunkles Jackett, darunter ein rotes T-Shirt. Das dicht gelockte mittelbraune Haar zeigte an den Schläfen Ansätze von Geheimratsecken. Er lächelte, als er mir seine Hand hinstreckte und sich kurz vorstellte.

»Ich ahne, was Sie zu mir führt. Die Bäringer Mafia schläft nicht«, meinte er augenzwinkernd. Seit vier Jahren sei er hier und habe einiges verändert, fügte er fröhlich hinzu, aber manche hätten das gar nicht so gut gefunden.

Er führte mich in ein bescheidenes, einfach ausgestattetes Rektorat. Mit einem kurzen Blick registrierte ich die Einrichtung: ein Schreibtisch, eine überdimensionale Stundenplantafel, eine Schrankwand mit Büchern und die kleine Sitzgruppe gleich neben der Tür.

»Sie dürfen also über den Bäringer Schulskandal berichten, damit die Schule nicht aus den Schlagzeilen kommt«, begann er mit einem wissenden Lächeln, nachdem wir am Besprechungstischchen Platz genommen hatten. »Kaum ist die Geschichte mit dem Saufbruder auf dem Schulhof vom Tisch, wird schon die nächste Story vorbereitet.«

Sein ironischer Unterton überraschte mich etwas, und ich überlegte, wie ich das Gespräch beginnen sollte. Wenngleich ich sein Auftreten nicht gerade als arrogant empfand, konnte ich mir vorstellen, dass sein deutlich gezeigtes Selbstbewusstsein auf manche Eltern provokativ wirkte. Ich lächelte verbindlich.

»Das ist doch nur ein dummer Zufall. Zugegeben, die Schlagzeile war von meiner Kollegin etwas unglücklich gewählt.«

»Aber doch wohl mit System. Hat man über das Schicksal des verschwundenen Unbekannten schon etwas herausgefunden? Die Gerüchteküche in Bäringen brodelt jedenfalls kräftig: Anschlag auf die Schule, Kindesentführung, Lösegelderpressung. Die Fantasie kennt keine Grenzen.«

»Gestern war Elternabend«, begann ich vorsichtig, das Gespräch auf mein eigentliches Anliegen zu lenken.

»Bei Dörthe Eisenbrey«, unterbrach mich Schmidt, um mir zu zeigen, dass er Bescheid wusste. »Andy – Andreas Schwab, Sie haben ihn gestern Abend ja kennengelernt – hat mich danach noch angerufen. Sie können also gleich zur Sache kommen.«

Um eine kurze Pause eintreten zu lassen, kramte ich meinen Notizblock hervor und notierte mir Datum, Uhrzeit und Gesprächspartner, dabei überlegte ich, wie ich den zweiten Anlauf für das Gespräch nehmen sollte. Am besten mit einer provokativen Frage. Das selbstsichere Auftreten des Schulleiters hatte mich etwas aus dem Konzept gebracht. Aber wenn ich gleich zur Sache kommen sollte, umso besser, das konnte er haben.

»Man wirft Ihnen vor, Sie hätten die Schule nicht im Griff. Die Gewaltbereitschaft unter den Schülern eskaliere, die Lehrer stünden dem hilflos gegenüber. Wie fühlen Sie sich in Ihrer Rolle als Schulleiter?«

Schmidt lehnte sich zurück und faltete die Hände über dem Bauchansatz. Er streifte mich mit einem neugierigen, fast heiter wirkenden Blick. »Wir haben derzeit Probleme in der vierten Klasse, das ist richtig. Es gibt dort einige verhaltensauffällige Kinder, die der Klassenlehrerin die Arbeit nicht gerade leicht machen. Wir wissen das und wir bemühen uns um Lösungswege. Die Kollegin arbeitet mit der schulpsychologischen Beratungsstelle zusammen, das Schulaufsichtsamt ist«, er machte eine kleine Pause, bevor er leicht spöttisch fortfuhr, »dank einiger aufmerksamer Eltern informiert und unterstützt uns auf unserem Weg, mehr möchte ich dazu nicht sagen.«

»Die Eltern werfen Ihnen vor, Sie würden die Kollegin mit ihren Schwierigkeiten im Regen stehen lassen.«

Schmidt schaute zur Zimmerdecke und klopfte mehrmals die Fingerspitzen seiner ausgestreckten Hände aufeinander. Er bemühte sich offenbar, seine gelassene Haltung zu bewahren.

»Das stellt sich aus meiner Sicht freilich etwas anders dar. Einige Eltern wollen von mir, dass ich die Lehrkraft, um die es geht, aus dem Unterricht herausnehme und die Klasse einem anderen Kollegen gebe. Das würde allerdings die Probleme nicht beheben. Verstehen Sie?« Er beugte sich aus seinem Stuhl vor und sah mir eindringlich in die Augen. »Pädagogische Arbeit basiert auf Vertrauen und muss nachhaltig angelegt sein. Ich kann nicht wie ein Trainer beim Fußballmatch Spieler vom Platz nehmen und durch

Auswechselspieler ersetzen, wenn das Publikum mit der Mannschaft nicht mehr zufrieden ist. Lehrer und Eltern müssen bei der Erziehung positiv zusammenwirken. Diese Meinung teilen übrigens die meisten Eltern an unserer Schule.«

»Die Elternbeiratsvorsitzende hat gestern aber ebenfalls die Zustände kritisiert«, wandte ich ein, erwähnte aber nicht, dass es bei der Versammlung auch Kritik am Vorgehen von Dörthe Eisenbrey gegeben hatte.

»Da sind wir am Punkt«, unterbrach mich Schmidt. »Eigenständige Elternarbeit schätze ich sehr, aber sie sollte konstruktiv sein. Unsere Elternvertreter im Elternbeirat und in der Schulkonferenz arbeiten seit jeher eng mit uns zusammen, und das gilt auch für die neu gewählte Elternbeiratsvorsitzende Frau Mattes. Gemeinsam bemühen wir uns, die Probleme in Klasse Vier in den Griff zu kriegen. Aber einigen Eltern geht das wohl nicht schnell genug und sie meinen, gehörig Druck machen zu müssen. Frau Mattes ist in Bedrängnis geraten. Manche Eltern glauben, die Angelegenheit auf ihre Art allein lösen zu müssen. An einer wirklichen Zusammenarbeit scheinen sie nicht interessiert. Seit Tagen bemühe ich mich um einen Termin mit ihnen und dem Bürgermeister – ohne Erfolg. Sie gehen mir aus dem Weg, als ob sie ein gemeinsames Gespräch scheuten. Stattdessen trommeln sie unter einem Vorwand Eltern der Klasse Vier zusammen und veranstalten einen sogenannten außerordentlichen Elternabend, um in der Öffentlichkeit den Anschein zu erwecken, es gäbe keine Vertrauensbasis mehr zwischen den Lehrern und Eltern an der Schule.«

Ich hatte längst Papier und Bleistift zur Seite gelegt. Mein Verdacht schien sich zu bestätigen. In Wirklichkeit ging es weniger um die Erziehungsprobleme in der vierten Klasse als um einen Privatkrieg zwischen Bürgermeister, einigen Bäringer Honoratioren und dem Schulleiter. In Schmidts Haut wollte ich nicht stecken. Aber konnte ich in meinem Artikel darauf Rücksicht nehmen?

Rita hatte mir geraten, das Motiv »Gewalt an der Schule« in den Vordergrund zu rücken. Das war unbestreitbar ein Thema ersten Ranges und interessierte die Leserschaft jeder Zeitung. Also startete ich einen neuen Versuch. Wenn Kinder auf dem Schulhof mit Steinen beworfen und gefesselt würden, sei doch sicher etwas nicht in Ordnung. Die Eltern fragten sich dann doch wohl zu Recht, ob die Lehrer ihrer Aufsichtspflicht nachkämen.

Schmidt wirkte plötzlich betroffen. »Ja. Ein Junge ist im Spiel mit einem Sprungseil eingewickelt worden. Nach dem Läuten wollten seine Kameraden ihn schnell losmachen, dabei hat er sich im Seil verheddert. Die Aufsicht führende Lehrkraft kam dazu und befreite ihn schließlich.«

»Warum ist die Aufsicht denn nicht früher eingeschritten?«

»Pausenaufsicht durch die Lehrkräfte ist auch so eine Sache. Eigentlich haben auch die Lehrer an einem langen Unterrichtsvormittag einmal eine Pause nötig. Aber jeden einzelnen Kollegen muss ich oft mehrmals an einem Schulvormittag zur Aufsicht einteilen: Frühaufsicht vor Schulbeginn, zwei große Pausen, Busaufsicht nach Unterrichtsende, sowohl nach der fünften als auch nach der sechsten Stunde. Bei kleinen Kollegien kann das zu einer echten Zusatzbelastung führen. Wir geben in der großen Pause Springseile und Softbälle aus, damit sich die Kinder bewegen. Kinder sind kreativ und denken sich neue Spiele aus. Da kann es dazu kommen, dass ein solches Seil eben zweckentfremdet wird, auch wenn wir den Kindern immer wieder einschärfen, dass sie damit nur Hüpfspiele machen sollen. Und die Pausenaufsicht kann ihre Augen nicht überall zugleich haben.«

»Aber Sie können doch solche Angelegenheiten nicht einfach auf sich beruhen lassen.«

Schmidt schüttelte den Kopf. »Das tun wir selbstverständlich nicht. Wir haben nach dem Vorfall mit den betroffenen Kindern und ihren Eltern gesprochen und die Angelegenheit ausführlich im Unterricht aufgearbeitet. Außerdem steht bei uns Gewaltprävention ganz oben, wenngleich dieser Fall eigentlich nichts mit Gewalt zu tun gehabt hat. Es ist uns wichtig, den Kindern begreiflich zu machen, dass man mit Gewalt keine Konflikte löst. Leider erfahren die Kinder, wenn sie abends mit ihren Eltern fernsehen, etwas anderes. Überall in den Medien sind sie Gewalt ausgesetzt, da hat es die Schule schwer. Sehen Sie mal: Unsere Gesellschaft lässt sich täglich im Fernsehen mit Mord und Totschlag unterhalten. Aggressive Verhaltensmuster in Krimis aller Art sind hier zur lieben Gewohnheit geworden und prägen den Erfahrungshintergrund der Kinder. Wir können dem nur gemeinsam mit den Eltern gegensteuern. Die meisten von ihnen ziehen mit uns an einem Strang, aber wir machen auch andere Erfahrungen. Wenn Zehnjährige damit angeben, übers Wochenende mit dem Vater Killerspiele auszuprobieren und wer weiß nicht wie viele Gegner abgeschossen zu haben, dann möchte man verzweifeln.«

Ich nickte, um deutlich zu machen, dass ich nun genug erfahren hätte, steckte meinen Block ein und fragte, während ich aufstand: »Kennen Sie Clemens Sauter?«

Schmidt lachte: »Den kennt hier in Bäringen jeder. Ein Original, hat es faustdick hinter den Ohren, aber ich mag ihn. Schade, dass er wohl bald seinen Laden zumachen muss.«

Ich stellte mich unwissend, fragte, weshalb.

»Die Brezelfabrik will expandieren und macht ihm das Leben schwer. Sauter ist stinksauer, dabei ist er mit dem Bäcker verschwägert.«

»Mit Eberle?«, fragte ich nach, um ihn aus der Reserve zu locken.

Schmidt nickte. »Zwischen den beiden kracht's gewaltig. Die sind schon mehrfach aneinandergeraten. Ich kann den Sauter verstehen, denn Eberles Methoden sind nicht die saubersten.«

»Und jetzt ist Sauter auch noch in Verdacht geraten, in Eberles Schuppen eingebrochen zu haben«, hakte ich nach.

Schmidt blickte verwundert auf. »Sauter und eingebrochen? Das ist doch wohl ein schlechter Scherz!«

Ich bedankte mich artig für das Gespräch, Schmidt brachte mich zur Tür und wünschte mir einen schönen Tag.

Nachdem ich die Merkel auf dem Beifahrersitz sicherheitshalber angeschnallt hatte, fuhr ich nachdenklich in die Redaktion zurück. Die Schnapsleiche bei Sauter und keiner weiß davon – außer dem wortkargen Hausmeister! Steckten Sauter und Engel unter einer Decke? Wollten sie die Erpressung gemeinsam durchziehen? Vielleicht mit Schneewittchen? Wer auch immer das sein mochte? Sauter konnte seinen Nachbarn und Schwiegerneffen Eberle nicht ausstehen, vermutlich hasste er ihn sogar. Das war nicht zu übersehen. Vielleicht würde es ihn auch reizen, Eberle seine Arroganz heimzuzahlen. Ich malte mir mit maliziösem Vergnügen wahnsinnige Szenarien aus. Sauter erpresst Eberle und spendet das Geld für einen guten Zweck, vielleicht an Amnesty International oder Human-Rights-Watch. Er stellt die Aktion als szenisches Gesamtkunstwerk dar, um die Macht des Kapitals bloßzustellen, als Kampf der Gartenzwerge gegen Eberles Versuch, ihm seine Manufaktur abzupressen, pocht auf künstlerische Freiheit – und Engel hilft ihm dabei.

Der raubauzige Hausmeister und sein Verdacht – Moment! Hatte er nicht das Rattengift erwähnt? Woher wusste er davon? Eberle hatte versichert, niemanden eingeweiht zu haben. Vielleicht wusste der Hausmeister unabhängig vom Erpressungsfall, dass im Schuppen noch Rattengift gelagert war. Aber schien er nicht sicher davon auszugehen, dass die Schnapsleiche das Rattengift mitgenommen hatte?

Rektor Schmidt hielt Sauter für unschuldig, über jeden Verdacht erhaben. Aber auch er hatte von dem gespannten Verhältnis zwischen ihm und Eberle gesprochen. Ich dachte an meine eigene Schulzeit. Einige Male war ich selbst in Schlägereien verwickelt gewesen. Wenn ein Lehrer dazukam, gab es Arrest, aber geholfen hatte das nicht. Die Keilerei zwischen verfeindeten Banden ging am nächsten Tag weiter. Von Mobbing hatte man damals nicht geredet, vermutlich weil es das Wort noch nicht gab. Aber wenn sich einer in der Klasse unbeliebt gemacht hatte als Streber oder Petze, hatte der nichts zu lachen. Hatte der Schulleiter nicht recht, wenn er statt harter Strafen versuchte, Konflikte unter Kindern pädagogisch zu lösen? Nein, der eigentliche Skandal bestand in den Bedingungen, unter denen die tägliche Unterrichtsarbeit stattfand. Ich erinnerte mich an die Forderung nach einem Schulpsychologen, die auf dem Elternabend laut geworden war. Wenn Bildung, Erziehung und individuelle Förderung an Grundschulen wie in Bäringen verwirklicht werden sollten, dann müssten diese personell besser ausgestattet sein. Unterrichtsstrukturen wie vor 30 Jahren vertragen sich nicht mit fortschrittlichen pädagogischen Konzepten. Wer von der Schule mehr erwartet als Wissensvermittlung, wer die Schule als Ort der Menschenbildung, der gesellschaftlichen Erziehung begreifen will, wer von Chancengleichheit redet, der darf nicht knausern. Eigentlich hätte ich auch mit der betroffenen Lehrerin reden müssen. Aber ich ließ den Gedanken bald wieder fallen. Das schaffte ich jetzt nicht mehr, der Artikel musste spätestens übermorgen fix und fertig sein.

Am liebsten hätte ich den Auftrag zurückgegeben. Ob ich mit Rita darüber sprechen sollte? Ich grübelte über ihre Argumente, warum sie ausgerechnet mir diesen Auftrag übertragen hatte. Ich könnte mich profilieren, bei Eisenbreys punkten, hatte sie gesagt. Sie selbst hätte jetzt keine Nerven dazu, weil sie sich mit der Erpressungsgeschichte herumärgern müsste. War es in Wirklichkeit nicht eher so, dass sie selbst keine Lust dazu hatte, sich die Finger schmutzig zu machen?

Es gab drei Möglichkeiten. Variante eins: Schreiben, was ich wirklich dachte, dann müsste ich die ganze Angelegenheit als aufgebauschte Machtspielchen einer Bäringer Verschwörung darstellen. Das wäre dann wohl mein erster und letzter Auftritt als Journalist beim *Schoppendorfer Echo* gewesen. Variante zwei: Den Fall neutral schildern, die Elternaktion beschreiben und die Stellungnahme des Schulleiters anschließen, ergänzt durch allgemeine Überlegungen zu den

Defiziten unseres Bildungs- und Erziehungswesens. Dann würde daraus bestimmt kein Knüller werden. Die einfachste Lösung war Variante drei: Die Sache als Schulskandal darstellen, wie sich der Alte und seine Nichte das wohl vorstellten. Das wäre für mich zweifellos die vorteilhafteste Lösung. Aber mit verantwortlichem Journalismus hätte das dann nichts mehr zu tun.

Im Flur kam mir die Martini entgegen. Warum ich so bedrückt dreinschaue, ob mir das kalte Büffet im Bäringer Jagschloss auf den Magen geschlagen sei? Ich winkte ab. Der Fall sei ganz schön kompliziert, antwortete ich und bemühte mich, an ihr vorbei in mein Büro zu kommen. Sie klopfte mir aufmunternd auf die Schulter. »Klappern gehört zum Handwerk«, meinte sie sibyllinisch und lachte, wurde aber gleich darauf wieder ernst. »Auf keinen Fall dürfen Sie sich verbiegen lassen. Wenn Sie wollen, trinken wir einmal in aller Ruhe einen Kaffee zusammen, morgen in der Mittagspause, 13 Uhr im *Rialto*?«

Ohne meine Antwort abzuwarten, rauschte sie ab.

Ich schaute noch einmal bei Rita rein.

»Ich war gerade in Bäringen, hab mir den Laden von Sauter angesehen und kurz mit ihm geredet. Seine Gartenzwerge sind tatsächlich bemerkenswert, nicht die übliche Massenproduktion. Jeder Typ ein Original! Sauter mag vielleicht ein Spinner sein, er hat es auch faustdick hinter den Ohren, aber er hat einen hintergründigen Humor. Mit ist er sympathisch.«

Sie blickte mich an, als ob sie nur mit einem halben Ohr zuhörte. Dann schloss sie die Bürotür hinter mir und bot mir Platz an.

»Eigentlich wollte ich nur …«, weiter kam ich nicht.

»Halt dich fest. Der Erpresser hat sich wieder gemeldet, wieder bei uns, diesmal mit konkreten Forderungen, was die Übergabe betrifft. Morgen am späten Abend soll alles über die Bühne gehen. 20 Fünfhunderter gerollt in eine kleine Plastiktüte sollen im Innern eines Gartenzwergs, Modell Wolfgang Thierse, vor Sauters Laden versteckt werden. Tobias soll das machen, allein, Punkt 22 Uhr. Wenn die Bedingungen nicht exakt eingehalten würden, ist Eberles nächste Auslieferung mit Rattengift versetzt, so steht es im Erpresserbrief. Ich hab gleich Böckle angerufen, der hat sofort alles in die Wege geleitet. Auch wenn Sauter weiterhin zu den Verdächtigen zählt, muss er eingeweiht werden. Sonst absolute Geheimhaltung.«

»Deshalb also hast du mich gleich informiert.«

Sie ging auf meine Ironie nicht ein. »Wir sollten uns das nicht entgehen lassen.«

»Du kannst doch nicht die Übergabe gefährden und die Arbeit der Polizei behindern!«

Sie schaute mich spöttisch an. »Man muss uns ja nicht gleich bemerken. Also ich bin kurz vor 22 Uhr da.«

»Von Eberles Schuppen aus kann man die Gartenzwerge ganz gut sehen. Wenn man ein gutes Nachtglas dabeihätte …«

»Also abgemacht. Wir treffen uns morgen Abend kurz vor zehn beim Schuppen?«

Mir war nicht wohl bei der Geschichte, aber meine Neugier hatte gesiegt, und ich signalisierte mit einem kurzen Kopfnicken Zustimmung.

Bis jetzt hatte ich ihr geduldig zugehört. Jetzt genoss ich den Moment, meine Neuigkeit loszuwerden. Betont beiläufig erwähnte ich: »Ich habe vorhin mit der Schnapsleiche gesprochen.«

Rita stierte mich an. »Du hast was?«

»Er wohnt bei Sauter, behauptet, der hätte ihm Aysl gewährt. Scheint ihm zur Hand zu gehen. Ich habe einen Sack Zement zusammen mit ihm geschleppt.«

Rita sprang von ihrem Stuhl auf. »Woher weißt du, dass …«

»Er hat sich mir vorgestellt. ›Ich bin die Schnapsleiche‹, hat er gesagt. Er heißt Engel und sieht aus wie ein Zwillingsbruder von Sauter. Als ich ihn darauf angesprochen habe, dass er von der Polizei gesucht wird, hat er gelacht. Scheint ihm nicht viel auszumachen.«

»Entweder ist er durchgeknallt oder er spielt den Naiven.«

»Oder er hat tatsächlich nichts mit der Sache zu tun.«

»Aber das Päckchen mit dem Rattengift? Das kann doch kein Zufall sein! Was macht ein Penner mit Rattengift?«

»Du kannst ihn ja mal fragen«, lachte ich spöttisch.

»Genau das werde ich tun, und wenn du willst, bist du dabei.«

Als ich ihr Büro verlassen hatte, kam mir Susanne Friedle auf dem Flur mit strahlendem Lächeln entgegen. »Hallo, Nils, hast du einen Moment? Man könnte neidisch werden. Die Bäringer Geschichte scheint ein echter Dauerbrenner zu werden.«

Ich wusste zunächst nicht, ob sie den Schulskandal meinte oder den Erpressungsfall. Rita hatte mich mehrfach zum Schweigen verpflichtet, wie weit sie die Friedle eingeweiht hatte, wusste ich nicht. Also hielt ich mich zurück und zog es vor, über mein Gespräch mit Rektor Schmidt zu berichten. Sie hörte mir mit mäßigem Interesse und mitleidigem Lächeln zu. »Der hat ganz vernünftige Ansichten«, meinte ich abschließend.

»Ja, vielleicht, aber das ist doch nicht der Knackpunkt«, lachte sie mich aus. »Ich hab gestern Abend noch lange mit Dörthe gesprochen. Der Schmidt ist einfach zu wenig flexibel. Mit dem Kopf durch die Wand, stur seine Grundsätze verfolgen, das kann er. Aber ein Schulleiter muss auch Moderator sein, muss die Ängste der Eltern ernst, sie mit ins Boot nehmen und nicht auf Konfrontationskurs gehen.«

»Nach dem, was ich gehört habe, stehen die meisten Eltern hinter ihm«, wagte ich einzuwenden.

»Klar, dass er das sagt, aber so blauäugig wirst selbst du nicht sein, dass du das glaubst.«

Sie drehte auf dem Absatz und dampfte ab. Ich sah sie noch hinter der Tür von Rita verschwinden.

DONNERSTAG, 16. MAI, FRÜHER NACHMITTAG

Das *Rialto* lag an der Kaiserallee, fünf Minuten zu Fuß vom Echohochhaus entfernt. Rita hatte mir den Weg kurz beschrieben und schließlich gemeint, ich könne es gar nicht verfehlen. Die Tische und Stühle der Eisdiele drängten sich über die breit angelegte Fußgängerzone bis zu den hohen Platanen am Rand der schmalen Fahrspur für Straßenbahn, Taxi und Zulieferverkehr.

Nora Martini winkte mir schon von Weitem zu. Sie saß vor einem Erdbeereisbecher und einem Kännchen Kaffee, Bismarck lag neben ihr auf dem Pflaster und knurrte leise, als ich behutsam einen Stuhl zurückzog, um Platz zu nehmen. Ich dachte an Ritas Warnung, beschloss, Bismarck gebührend Respekt zu erweisen, rückte meinen Stuhl etwas zur Seite, ließ mich vorsichtig auf die Sitzfläche gleiten und bestellte einen Milchkaffee mit einer Bäringer Butterbrezel.

Die Martini schaute mir amüsiert zu. »Die Bäringer Brezelfabrik hat eine unglaubliche Entwicklung hinter sich«, erklärte sie mir. »Der alte Eberle hat das Gelände vor Jahrzehnten von der Gemeinde gekauft und seinen Laden zu einem marktbeherrschenden Unternehmen gemacht. Jetzt hat sein Sohn den Betrieb übernommen und will weiter ausbauen. Kann aber nicht, weil das angrenzende Areal dem Onkel seiner Frau gehört, der dort eine Manufaktur für ganz besondere Gartenzwerge betreibt, ein schräger Vogel, aber sehr unterhaltsam und auf seinem Gebiet ein Genie, übrigens genau so ein harter Brocken wie Eberle. Hat alle seine Angebote abgelehnt, obwohl ihm das Wasser bis zum Hals steht. Bin gespannt, wie lange er gegen seinen Schwipp-Neffen durchhalten kann. Wenn Sie wieder mal in Bäringen sind, schauen Sie bei ihm rein und grüßen Sie ihn von mir.«

»Den hab ich erst gestern getroffen und mich mit ihm angeregt unterhalten«, antwortete ich. »Ich hab ihm sogar einen Gartenzwerg abgekauft. Rita hatte mich auch schon auf ihn aufmerksam gemacht und einen Gruß ausrichten lassen. Sauter hat sich bedankt und gesagt, er freue sich, wenn geistreiche Menschen an ihn denken.«

Sie lachte, stocherte in ihrem Erdbeerbecher nach einem Stückchen Vanilleeis, das sie genüsslich im Mund zergehen ließ, dann streckte sie den Eislöffel in meine Richtung.

»Die jungen Eberles haben auch Kinder an der Bäringer Schule, die Tochter ist, glaube ich, in der vierten Klasse, der älteste Sohn geht schon aufs Gymnasium. Eberle junior rasselte einmal mit Schmidt zusammen, als er Ferienverlängerung für seinen Sohn beantragte. Er wollte eine Woche länger in der Karibik bleiben.

Schmidt sagte, er mache keine Ausnahmen. Ferien zu verlängern, sei nicht zulässig.«

»Und dann?«

»Eberle blieb mit seiner Familie trotzdem eine Woche länger. Das Flughafenpersonal habe gestreikt, erklärte er Schmidt. Der hat ihm das nicht abgenommen und am Stuttgarter Flughafen angerufen. Da ist die Sache natürlich aufgeflogen, und Eberle war bloßgestellt. Schmidt hat ihm mit einer Anzeige gedroht, falls das noch einmal vorkomme. War damals Stadtgespräch in Bäringen.«

Sie schenkte sich einen Kaffee ein und nahm nach einer kurzen Pause ihren Gesprächsfaden wieder auf. »Der Schmidt hat Charakter, das muss man ihm lassen, aber er polarisiert. Die meisten Eltern fanden sein Verhalten damals prima, die Honoratioren waren irritiert, Eberles haben ihm das nie verziehen.«

»Ich war heute Morgen bei ihm. Auf mich hat Schmidt keinen üblen Eindruck gemacht. Zugegeben, er tritt sehr selbstbewusst auf, aber was er sagt, hat Hand und Fuß.«

Die Martini lächelte. »Er scheint auch beim Schulamt gut angesehen zu sein, trotz mancher Einzelattacken von Elternseite.«

»Aber gerade das ist es vermutlich, was die Eisenbrey und die Lamprecht so aufregt. Und ich soll ihnen jetzt als Speerspitze ihres neuen Angriffs dienen. Mein Artikel soll ihnen den Schulleiter ans Messer liefern.«

»Na, na, nicht so stürmisch, junger Freund. Wir könnten als Kollegen übrigens zum Du übergehen«, meinte sie nebenbei und hob ihren leeren Eisbecher, als ob sie mir zuprosten wollte. Meine Antwort wartete sie erst gar nicht ab. Bismarck knurrte bedrohlich, schaute schräg zu mir nach oben.

»Also, Nils, betrachte doch mal nüchtern die Fakten: Gewalt unter Kindern, überforderte Lehrer, besorgte Eltern, die den Fall an die Öffentlichkeit bringen wollen. Muss die Presse so etwas nicht aufgreifen, ganz egal, auf welchem Wege sie darüber informiert wurde? Jetzt kommst du ins Spiel. Stell die Sache dar, wie sie ist, wie sie dir nach gründlicher Recherche erscheint. Nichts anderes wird von dir erwartet.«

Ich fühlte mich überrumpelt. Nora Martini zu duzen, obwohl wir uns erst vor wenigen Tagen begegnet waren und kaum kannten, fiel mir schwer. Außerdem gehörte sie ja irgendwie zur Geschäftsleitung und zum Eisenbrey-Clan. Sei vorsichtig, Nils, mahnte meine innere Stimme. Zurückweisen konnte ich ihr Angebot wohl nicht. Vielleicht könnte ich die Anrede vermeiden?

»Ich weiß nicht, der Seniorchef und seine Nichte haben genaue Vorstellungen, was in meinem Artikel stehen soll.«

»Können sie ruhig haben, kannst du auch beachten – bis zu einem gewissen Grad. Aber verantwortlich für das, was du schreibst, bist allein du. Zaudern bringt dich nicht weiter. Lass dir was einfallen, setz dich einfach an deinen PC und leg los. Die besten Ideen kommen beim Schreiben.«

Was bezweckte sie eigentlich? Wollte sie mir nur Mut machen, meinen ersten Artikel für das *Schoppendorfer Echo* glücklich zu Ende zu bringen, oder verfolgte sie eine ganz andere Absicht? Welches Spiel trieb sie? Konnte ich ihr trauen?

»Ich hätte heute Morgen ein Bild von der Schule machen sollen«, nahm ich das Gespräch wieder auf, »ein Bild von der großen Pause, den Schulhof voller Kinder.«

»Am besten mit Schlägereien«, lachte Nora. »Im Foto-Archiv findest du genügend Aufnahmen von der Schule. Allerdings wohl kaum welche mit Gewaltaktionen. Und dann nimmst du als Bildunterschrift: ›So friedlich geht es derzeit an der Bäringer Schule nicht zu‹.«

DONNERSTAG, 16. MAI, SPÄTER ABEND

Weiträumig strich ich um das Gebäude der Brezelfabrik, bemühte mich, unauffällig zu sein, ein harmloser nächtlicher Spaziergänger, der sich vor dem Schlafengehen noch mal die Beine vertreten will. Mit Sicherheit observierten Kommissar Böckles Leute die ganze Umgebung, registrierten jeden meiner Schritte. Ich schaute auf die Zeitanzeige meines Handys. Dreiviertel zehn.

Von der gegenüberliegenden Straßenseite aus sah ich auf Sauters Einfahrt. Da vorn, der kleine Dicke mit Pferdeschwanz, war das nicht Engel? Er tänzelte auf das Tor zu, schloss es auf, öffnete nur einen Spalt, um sich durchzudrücken, und verriegelte es wieder. Dann verschwand er im Schatten der Baracke.

Rita kam mir entgegen, begrüßte mich freundlich. Sie hatte einen Rauhaardackel an der Leine, sprach mich an wie einen Nachbarn, den sie zufällig bei ihrer Abendrunde getroffen hat.

»Brunhilde habe ich zur Tarnung dabei«, erklärte sie mir fröhlich gestikulierend, aber mit leiser Stimme, als wenn sie mir etwas vertraulich mitteilen wollte.

Der Hund begann an der Leine zu ziehen, sah zu mir auf und wedelte mit dem Schwanz. Ich bückte mich, redete behutsam auf die Dackeldame ein, kraulte ihren Kopf, was sie mit einem dankbaren Fiepen über sich ergehen ließ.

»Sie hat dich gleich in ihr kleines Dackelherz geschlossen«, meinte Rita schmunzelnd. Dann bewegte sie ihren Kopf leicht nach rechts. »Pass auf, siehst du da drüben die Holunderbüsche? Wenn du da durch bist, stehst du nicht weit von Eberles Schuppen. Ich komm gleich nach.« Sie lachte dröhnend los, als ob ich eben eine scherzhafte Bemerkung gemacht hätte, wünschte mir lautstark noch einen schönen Abend, beschäftigte sich kurz mit ihrem Hund, zog die Leine kürzer und schwebte davon.

Ohne zu zögern, machte ich mich in die Büsche. Ich brauchte nicht einmal ins Freie zu treten, das Holunderwäldchen zog sich bis zu der verwilderten Wiese, über die ich vor wenigen Stunden zum Schuppen gekommen war, und setzte sich bis auf das Gelände der Brezelfabrik fort. Im Schutz des Laubes blickte ich auf Sauters Laden, der im matten Licht der Straßenbeleuchtung vor mir lag. Die Gartenzwergparade machte den Eindruck, als wollten die Burschen Sauters Laden verteidigen, bereit, sofort loszuschlagen, wenn sich jemand dem Terrain nähern sollte. Ich versuchte, mit dem Fernglas Thierse auszumachen. Da knackten die Zweige und Rita tauchte neben mir auf.

»Wo hast du denn Brunhilde gelassen?«

»Die muss im Auto warten, kaum auszudenken, wenn sie plötzlich loskläffen würde!« Sie zog einen Feldstecher aus ihrer Jacke und richtete ihn auf die Gartenzwerge. »Von mir aus kann's jetzt losgehen. Wir haben unseren Logenplatz.«

Wieder knackten die Zweige. Ich fuhr herum.

»Brunhilde!«, Rita unterdrückte einen Aufschrei.

Fragend blickten mich zwei schwarze Hundeaugen an. Der Rauhaardackel! Sie wedelte mit dem Schwanz und fiepte.

»Wie bist du aus dem Auto gekommen?« Rita nahm sie auf den Arm, streichelte sie und versuchte sich und Brunhilde zu beruhigen.

»Wenn sie losbellt, tun wir so, als sei sie uns weggelaufen und wir suchten nach ihr«, schlug ich vor.

»Ist vielleicht besser so«, flüsterte Rita, »als wenn sie im Auto Radau gemacht hätte.«

Nervös schaute ich auf mein Handy: 22 Uhr. Nichts. »Wir haben Glück, dass Böckles Polizeibeamte sich nicht auch das Holundergebüsch ausgesucht haben.«

Rita lachte leise. »Die sitzen dort drüben hinter dem Zaun auf der anderen Straßenseite mit Blick direkt auf Sauters Einfahrt. Siehst du den Baucontainer? Der ist heute Nachmittag hier abgesetzt worden und wird wohl in den nächsten Stunden ihr Beobachtungsstandort sein.«

Ob sie uns längst bemerkt hatten? Zwischen uns lag Sauters Werkstatt mit der Beleuchtung, dazu die Straßenlaterne. In der schwarzen Wand des Holundergebüsches waren wir wohl ziemlich sicher. Wenn nur Brunhilde Ruhe gab!

Fünf nach zehn. Immer noch alles ruhig. War die Sache schon längst geplatzt? Hatte die Polizei den Erpresser bereits vor der Aktion gefasst?

»Vorhin habe ich Engel gesehen. Ging einfach durch das Tor und war verschwunden.«

Rita blickte auf, nickte. »Das könnte die Verzögerung erklären. Sie müssen erst abwarten, bis er weg ist. Außer Sauter und Tobias ist niemand eingeweiht.«

»Und wenn Sauter nicht dichtgehalten hat?«

Rita zuckte die Schultern, blickte angestrengt durch ihren Feldstecher. Sauters Laden lag vor uns in stiller Ruhe. Sie nahm das Glas ab. »Wenn Sauter Engel nichts von der Aktion erzählt hat, ist sein Erscheinen doch merkwürdig, oder?«

»Wenn er auf dem Gelände irgendwo seinen Bus stehen hat?«

»Siehst du das?« Rita stieß mir ihren Ellbogen in die Seite. »Hinter Sauters Ladentür ist gerade das Licht angegangen.«

Ich kniff die Augen zusammen, holte mein Glas.

Da ging die Tür auf, Tobias trat heraus, schaute sich um, als ob er jemanden suchte, zögerte kurz, lief hastig die paar Schritte zu den Gartenzwergen, griff sich Thierse, legte den Zwerg flach und beugte sich über ihn.

»Was macht der so lange rum?«, brummte Rita. »Na endlich, jetzt schiebt er ihm das Geld hinten rein.« Sie gluckste vergnügt.

Tobias positionierte den Zwerg wieder sorgfältig neben seinen Kollegen auf dem kniehohen Tischgestell zwischen Gysi und Gabriel, sah sich noch einmal um und schlenderte auffällig langsam zurück in Sauters Laden.

»Alles bereit, es kann weitergehen.«

Rita hatte Brunhilde mit dem rechten Unterarm vor ihre Brust geklemmt und starrte weiter durch ihren Feldstecher. Brunhilde begann, mit ihren Beinen zu arbeiten. Ich konnte meine Nervosität nicht mehr verbergen und zischte: »Was soll denn jetzt noch kommen? Die Aktion ist ordnungsgemäß ausgeführt. Glaubst du, der Erpresser holt sich jetzt das Päckchen sofort ab? Der ist doch nicht so dumm und läuft der Polizei in die Falle. Jeder weiß, dass die Übergabe der sensible Punkt bei so einem Unternehmen ist.«

Rita antwortete nicht. Starrte weiter durch ihr Nachtsichtglas. Brunhilde war gerade dabei, ihren Kopf unter Ritas Armbeuge zu schieben, verrenkte ihren Hals. Gleich hatte sie es geschafft.

»Tobias wird heute Nacht bei seinem Onkel bleiben«, hakte ich nach. »Worauf wartest du denn noch?«

Sie nahm das Glas ab, blickte versonnen auf die Gartenzwerge, als ob dort die Lösung des Falls zu finden wäre. »Du hast wohl recht«, seufzte sie. »Mit den Polizisten möchte ich nicht tauschen. Im Gegensatz zu uns müssen die jetzt durchhalten und jede Sekunde aufmerksam bleiben.«

Brunhilde plumpste vor uns auf den Boden, begann

zu jaulen und wollte gerade loskläffen, als Rita sich zu ihr hinunterbeugte und ihr die Schnauze zuhielt.

Bei meinem Käfer merkte ich, dass der Autoschlüssel fehlte. Auch das noch! Fieberhaft ging ich in Gedanken die letzte halbe Stunde durch. Er konnte mir nur beim Streifen durchs Gelände aus der Tasche gefallen sein. Also pirschte ich wie ein Indianer in der Nacht durchs Gebüsch, achtete auf die Spuren, die wir hinterlassen hatten. Da, bei unserem Ausguck blitzte etwas auf. Ich beglückwünschte mich, dass ich ein Schlüsseltäschchen aus hellem Leder hatte, bückte mich und spürte einen dumpfen Schlag auf meinen Kopf.

Ich weiß nicht, wie lange ich bewusstlos auf dem Boden lag. Irgendwas Nasses fuhr durch mein Gesicht, dann hörte ich ein Fiepen. Ich schlug die Augen auf und sah in der Dunkelheit einen Schatten direkt über mir.

»Brunhilde!«, krächzte eine unterdrückte Stimme. »Ach du liebes bisschen! Nils! Hörst du mich?« Rita rüttelte an meiner Schulter.

»Mein Kopf!«, stöhnte ich und begann mich aufzurichten.

»Vorsicht, die Äste!«, rief Rita. »Alles in Ordnung mit dir?«

»Du bist gut!« Ich hockte mich auf den Boden, begann meine Gedanken zu sammeln.

»Was machst du denn hier?«

»Das frage ich mich auch gerade. Ich habe hier meinen Autoschlüssel verloren und wiedergefunden und dann …«

»Was dann?«, fragte Rita erregt.

»Dann krachte etwas auf meinen Schädel runter, und dann weiß ich nichts mehr. Aber sag mal, wie kommst du denn plötzlich hierher?«

»Ich war gerade bei meinem Auto, als Brunhilde an der Leine zog. Na gut, gehen wir noch mal, sagte ich zu ihr, sie zog mich aber immer weiter mit. Ich sah dein Auto, wunderte mich, dass du noch nicht gefahren warst, mich packte die Neugier und ich folgte Brunhilde durchs Gebüsch. Aber jetzt komm, wir müssen nach deinem Kopf sehen. Geht es?«

Wir krochen zurück, Brunhilde voraus. Rita zog mich unter die Straßenlaterne. »Kopf runter!« Sie fingerte auf meinem Hinterkopf herum und lachte. »Das hat eine ganz schöne Beule gegeben. Aber du hast Glück gehabt, keine Platzwunde. An einem Ast kannst du dich nicht gestoßen haben. Auch einen Sturz können wir ausschließen. Davon wärst du nicht bewusslos geworden. Dich hat einer niedergeschlagen! Hast du davor irgendwas bemerkt, hast du gespürt, dass du nicht alleine warst?«

Ich schüttelte leise den Kopf, versuchte mich an Einzelheiten zu erinnern.

»Kann ich dich einen Moment alleine lassen?«

»Was hast du vor?«

»Ich muss mir das noch mal ansehen.« Rita holte eine Taschenlampe aus ihrem Handschuhfach. Brunhilde schaute sie erwartungsvoll an. »Du bleibst hier und passt auf Nils auf, damit er keine Dummheiten macht!«

Ich nahm Brunhildes Kopf zwischen beide Hände. »Danke, dass du mich gefunden und wach geküsst hast!«

Nach einer Ewigkeit kam sie zurück. »Die Spuren gehen eindeutig in Richtung Schuppen. Sonst habe ich nichts gefunden, außer das hier.« Sie hielt mir meinen Autoschlüssel vor die Nase. Der war mir doch tatsächlich aus der Hand gefallen, als ich niedergeschlagen wurde.

»Kannst du fahren oder soll ich dich nach Hause bringen?«

»Geht schon, danke. Sollen wir nicht die Polizei …?«

Sie lachte mich aus: »Lieber nicht, hoffentlich haben sie von unserem Treiben nichts mitbekommen und ziehen falsche Schlüsse.«

FREITAG, 17. MAI

Am Nachmittag rief mich Rita an. Ich hatte mich endlich an meinen Artikel über die Bäringer Schule gesetzt, der morgen erscheinen sollte, aber kam nicht recht voran. Ritas Anruf nahm ich wie eine Erlösung auf, was allerdings nur einen Aufschub bedeutete.

»Ich habe heute Morgen mit Böckle und Eberle telefoniert. Eberle ist richtig erleichtert. Die Summe scheint ihm wirklich nicht wehzutun. Böckle hat alle Nummern der Geldscheine notiert. Tobias fand anscheinend die ganze Sache ziemlich cool. Wie im Krimi, hätte er geflachst. Der Erpresser hat wohl Glück gehabt, weil Tobias morgen mit der Schule nach England zum Schüleraustausch fährt. Seit gestern Nacht wird rund um die Uhr in wechselnden Schichten Wolfgang Thierse polizeilich observiert. Bisher ohne Erfolg.«

»Meinst du, ich bin ihm gestern Abend begegnet?«

»Kann schon sein, dass du ihn gestört hast, wahrscheinlich hat er dich für einen Polizisten gehalten und ist anschließend getürmt.«

»Und wie soll ich mich jetzt verhalten? Glaubst du, er hat es auf mich abgesehen?«

Rita lachte: »Wieso denn? Nein, bleib ganz ruhig. Der hat dich in der Dunkelheit sicher nicht einmal erkannt, wollte bloß schnell unbemerkt weg.«

»Dann wird er wohl immer wieder um Sauters Gartenzwergladen streichen und eine Gelegenheit suchen, sich das Geld abzuholen – und dann sitzt er in der Falle. Das scheint ein echter Anfänger zu sein.«

»Selbst wenn es ihm gelingen sollte, die Beamten, die den Gartenzwerg im Auge haben, auszutricksen – mit der Beute kommt er nicht weit. Fünfhunderterscheine sind so häufig nicht, außerdem kriegt er sie schwer los, und mit den notierten Nummern lässt sich ihr Weg schnell zurückverfolgen.« Rita machte eine Pause, bevor sie losbrüllte, sodass ich unwillkürlich mein Handy vom Ohr nehmen musste. »Und ich darf darüber nicht schreiben!«

Gegen 17 Uhr war ich fertig. Es war tatsächlich einfacher gewesen, als ich befürchtet hatte. Ich hatte mich weitgehend auf die Aussagen der Eltern und des Schulleiters beschränkt und auf Wertungen ganz verzichtet. Trotzdem hatte ich kein gutes Gefühl. Morgen würde der Artikel in der Zeitung stehen, und Rita hatte mir stolz verkündet, dass die Redaktion ihn ganz vorn im Regionalteil unterbringen würde und nicht nur im Sonderteil für das Sulztal.

»Das lesen Tausende von Zeitungsabonnenten in der ganzen Region«, hatte sie gesagt. Ich hatte mich verwundert gezeigt. Wieso sollte der Elternabend im Bäringer Jagdschloss so viele Leser außerhalb des Sulztals interessieren? Andererseits hatte ich mein Bestes gegeben und war mit dem Ergebnis durchaus zufrieden. Zugegeben, der Ruf der Schule war jetzt wohl noch etwas mehr ramponiert, auch wenn ich versucht hatte, ganz objektiv zu berichten, und das hatte ich nun zu verantworten. Ich dachte an Schulleiter Schmidt, an Andreas Schwab, an die Eltern in Bäringen und versuchte mich mit dem Gedanken zu beruhigen, dass die Eltern es ja selbst waren, die das Thema unbedingt in der Zeitung haben wollten. Aber eigentlich waren es nur die Eltern der Klasse Vier oder genauer gesagt ein Teil der Eltern oder vielleicht doch vor allem Dörthe Eisenbrey und Sabine Harsch?

Als ich aus der Tiefgarage des Echoturms in die Kaiserallee einbog, ließ ich mich von der fast unwirklich erscheinenden Atmosphäre verzaubern. Die Flaniermeile von Schoppendorf lag in der Abendsonne, die ihr warmes Licht über die Platanen goss und lebhafte Licht- und Schattenmuster auf das Pflaster malte. Ich fühlte mich wie in einem duftigen Gemälde von Renoir.

Die Stadt zwischen Hügeln und Obstgärten gefiel mir immer besser und ich entschied mich spontan zu einer Spritztour auf den Schönbühl, den Hausberg der Stadt, von wo aus sich ein weiter Blick auf das obere Sulztal bis weit hinein ins Bäringer Bergland bieten sollte. Rita hatte mir von dem Biergarten dort oben vorgeschwärmt.

Ein schmales Sträßchen wand sich durch die Weinberge zum Plateau, das mit lichtem Eichenwald bewachsen war. An seinem Ende mündete die Straße in einen großen Parkplatz, hinter dem sich schlossartig ein klassizistisches Landhaus vor einem rundgemauerten Aussichtsturm aufbaute. Ich genoss den Blick auf die Stadt, spürte den warmen Sciroccowind über den Weingärten aufsteigen und wartete, bis die rote Sonne in der blauen Weite des Abends versunken war.

Die Rückfahrt in die Parkstraße dauerte keine zehn Minuten. Frau Eisele stand im Vorgarten bei ihren Zwergen und schnitt die Rosenbüsche. Ich fragte artig, ob ich ihr helfen könnte, und erntete dafür einen warmen mütterlichen Blick. Geschäftig lief sie ins Haus und kam mit einer zweiten Gartenschere und einem roten Plastikeimer zurück.

Ich übernahm die zweite Etage der Rosen, die für Frau Eisele nur schwer zu erreichen war, und plauderte über meine ersten Eindrücke von der Stadt, dem Sulztal und meiner Arbeit beim *Echo*. Morgen erscheine mein erster Artikel.

Ich war gerade mittendrin, ausführlich von meinen Gesprächen in Bäringen zu berichten, als ich wahrnahm, dass Frau Eisele mit ihrer Gartenarbeit aufgehört hatte. Den Plastikeimer zwischen ihren Beinen hörte sie mir mit deutlich gesteigertem Interesse und grimmiger Miene zu. Ich stellte nun ebenfalls meinen Eimer ab und schaute sie fragend an.

Sie komme aus Bäringen, begann sie in anfänglich beherrschter Ruhe, Rektor Schmidt sei ihr Schwiegersohn. Sie machte eine Pause und zog dann vom Leder mit einer Heftigkeit, die ich ihr niemals zugetraut hätte. Sie schimpfte über die Eisenbreys, dann über den Bürgermeister und war nicht mehr zu bremsen. Sie könne da Dinge erzählen, da würde ich staunen. »Was mischt der sich überall ein? Der soll doch seha, wie er seine Finanza in Ordnung hält! Und überhaupt. Viele Bäringer meget ihn net. Kommt daher wie an Gockel und will zeige, wer der Chef isch.«

Sie zupfte wieder etwas an ihren Rosen, sichtlich bemüht, ihren Ärger hinunterzuschlucken. Dann fragte sie verhalten, was denn in dem Zeitungsartikel drin stünde? Als ich ihr vorsichtig davon berichtete, meinte sie unwirsch, wie ich denn dazu käme, ausgerechnet über die Bäringer Schule zu schreiben?

Mit Mühe konnte ich Frau Eisele beschwichtigen. Ich erzählte ihr von meinem Gespräch mit Rektor Schmidt, seinen vernünftigen Ansichten und Lösungskonzepten. Aber wenn ich mir vorstellte, wie sie morgen früh die Zeitung fieberhaft nach meinem Artikel durchsuchte, fühlte ich mich doch etwas flau.

SAMSTAG, 18. MAI, VORMITTAGS

Am frühen Morgen lief ich los, um Frau Eisele mit frischen Brötchen versöhnlich zu stimmen. Die Sonne schob sich gerade über den Schönbühl, und ein leichter frischer Wind blies mir ins Gesicht. Was für ein schöner Tag! Ich beschloss, das Auto stehen zu lassen und nach dem Frühstück zu Fuß in die Redaktion zu gehen.

Zuvor blätterte ich die Zeitung durch. Mein Artikel stand tatsächlich groß aufgemacht auf der ersten Seite des Regionalteils. Er las sich gut, stellte ich zufrieden fest.

Da fiel mein Blick auf die Kommentarspalte daneben. Rita Delbosco fragte kritisch nach Rektor Schmidts Führungsqualitäten. Wenn eine Lehrerin ihrer Aufgabe nicht gewachsen sei, müsse eben der Schulleiter handeln. Geschehe dies nicht, könne man den Unmut der Eltern verstehen. Entsprechend habe sich auch die Elternbeiratsvorsitzende geäußert. Die Zustände an der Bäringer Schule gäben schon seit längerer Zeit Anlass zur Sorge.

Das war scharf formuliert. Schmidt stand jetzt in der Schusslinie. Genau das hatte ich verhindern wollen. Aber das hatte nicht ich, sondern Rita Delbosco höchstpersönlich zu verantworten. Frau Eiseles Aufregung würde sich nicht gegen mich, sondern gegen die Verfasserin der Kommentarspalte richten. Damit konnte ich leben.

Ich genoss die Morgenstimmung im Schoppendorfer Stadtpark. Die ersten Hunde gingen mit ihren Herrchen und Frauchen Gassi, einzelne Jogger keuchten an mir vorbei, die Sonne stand inzwischen schon hoch an einem unverschämt strahlendblauen Himmel. Der Tag konnte beginnen.

Als ich in die Redaktion kam, spürte ich förmlich die dicke Luft. Knisternde Spannung lag über dem Großraumbüro. Kaum hatte ich meinen Schreibtischplatz erreicht, stürmte Rita auf mich zu.

»Da bist du ja endlich, du sollst dich sofort beim Chef melden. So habe ich ihn selten erlebt.«

»Wieso?«

»Wieso, wieso?«, Rita fuchtelte mit ihren stämmigen Armen. »Gestern Abend, als du schon längst Feierabend gemacht hattest, war hier noch die Hölle los. Wenn dein Artikel nicht schon längst gesetzt gewesen wäre, hätte ihn der Chef höchstpersönlich rausgenommen. Der hat mich ganz schön zur Sau gemacht. Weshalb ich dir nicht besser auf die Finger gesehen hätte und so weiter. Ich durfte noch bis zehn nacharbeiten. Du hast den Kommentar ja gelesen.«

Mir rutschte das Herz in die Hose. Rita bemerkte meine Panik und war plötzlich wie ausgewechselt.

»Jetzt beruhig dich mal, lass dir was einfallen, wie du ihm die Sache erklären kannst. Ich fand deinen Artikel übrigens gar nicht so übel, gut recherchiert, gut geschrieben, aber zu ehrlich. Du musst noch einiges dazulernen.« Sie ließ mich einfach stehen.

Zögernd klopfte ich an der Vorzimmertür. Die Sekretärin ließ mich Platz nehmen, der Chef habe noch zu tun. Mit mitleidigem Lächeln servierte sie mir Kaffee. Ich wartete eine geschlagene halbe Stunde, bis sich die Tür endlich öffnete und Malte Eisenbrey mich mit finsterer Miene hereinbat. Als er die Tür hinter sich geschlossen hatte, blieb er dicht vor mir stehen, bot mir keinen Platz an.

Was ich denn unter investigativem Journalismus verstünde? Der Artikel hätte überhaupt keine Linie. Ich sei den Eltern in den Rücken gefallen und habe die ganze Brisanz aus dem Fall genommen. Ob er sich nicht deutlich genug ausgedrückt hätte? Delboscos Kommentar hätte zwar noch einiges zurechtrücken können, aber die Luft sei raus.

»Sie können doch nicht über einen derartigen Skandal wie über eine Sitzung des Wohltätigkeitsvereins berichten!«

Ich nahm meinen ganzen Mut zusammen und konterte. »Kommt es nicht darauf an, *wie* auf Gewalt an der Schule reagiert wird? Schulleiter Schmidt hat ein Konzept und das leuchtet mir ein. Die meisten Eltern in Bäringen sehen das übrigens genauso.«

Malte Eisenbrey sah mich einen Moment verwundert an. Er schien etwas verunsichert, bevor sich seine Miene wieder verfinsterte. Ich wartete auf seine Antwort, aber dann sagte er nur knapp und eisig, ich könne nun gehen.

Susanne Friedle passte mich vor der Tür ab. »Hat er dir den Kopf gewaschen?«, fragte sie mit einfühlsamer Stimme. »Junge, Junge, da hast du dir was eingebrockt. Rita hat dich doch über die Eisenbreys aufgeklärt?«

»Was hat das mit meinem Artikel zu tun?«, entgegnete ich aufbrausend.

»Der mag ja ganz in Ordnung sein, übrigens gut geschrieben, formal, stilistisch – aber trotzdem daneben. Wenn du willst, geh ich ihn mal mit dir durch. Heute Abend hätte ich Zeit.«

»Aber ich nicht, vielleicht ein andermal«, wehrte ich mürrisch ab. Sie begann mir auf die Nerven zu gehen.

Rita kam dazu. »Tut mir leid, dass es jetzt so aussieht, als ob ich dir mit meinem Kommentar in den Rücken gefallen wäre.«

»Du brauchst dich doch nicht dafür zu entschuldigen, Mäuschen«, meinte Susanne tröstend und strich ihr mit dem gekrümmten Zeigefinger über die Wange. Lief da was?

Rita blinzelte nervös. »Wir sprechen uns nachher noch.« Dann steuerte sie ihr Büro an, die Friedle im Schlepptau.

Rita sah ich an diesem Vormittag nicht mehr. Ging sie mir aus dem Weg? Hatte sie mit der Friedle

Stress? Erst als ich mich gegen Mittag auf den Heimweg machte, fand ich in meinem Postfach eine Notiz von ihr. Ich solle als Nächstes über die Kaninchenausstellung des Kleintierzüchtervereins von Vorderwestersulz berichten, einem Dorf auf halbem Wege nach Bäringen. Sie würde nächsten Dienstag eröffnet und ich sollte die Kamera nicht vergessen. Darunter hatte sie angemerkt: »Heute Abend 19:30 Uhr *Kapuzinerkeller*. Die Schnapsleiche kommt auch.«

SAMSTAG, 18. MAI, ABENDS

Da saßen sie. Man hätte sie wirklich für Zwillingsbrüder halten können. Die langen weißgrauen Haare hatten beide zu Pferdeschwänzen gebunden, der Vollbart reichte ihnen bis auf die Brust. Als sie mich erkannten, hoben sie ihr Bierglas und prosteten mir zu.

»Haben Sie Frau Merkel gut untergebracht?«, begrüßte mich Sauter.

»Sie liegt noch unter meinem Bett und wartet auf ihren Auftritt«, konterte ich.

»Meinen Freund Heinz Engel kennen Sie ja schon. Wollte Ihre Kollegin nicht auch dazukommen?«

»Bin schon da«, Rita steuerte von der anderen Seite tänzelnd auf unseren Tisch zu. »Die Herren haben schon bestellt? Nur keine Hemmungen, heute geht alles auf Spesen.«

»Die besten Voraussetzungen für einen rechten Schwaben, es mal richtig krachen zu lassen«, lachte Sauter. »Sekt und Kaviar bestellen wir später.«

»Als Exil-Badener halt ich da gern mit«, stimmte ihm Engel zu. »Selten genug, dass ein Schwabe spendabel ist.«

Rita ließ sich nicht aus der Ruhe bringen. »Was weiß denn ein Badener über die Schwaben«, frotzelte sie. »Wir sind die geborenen Gastgeber.«

»Jetzt haben Sie ihm eine Vorlage gegeben«, meinte Sauter augenzwinkernd. »Wenn er einmal angefangen hat, ist er kaum zu bremsen.«

Engel wehrte sich. »Ich hab lange genug in Berlin gelebt. Für die Leute nördlich des Mains sind alle Baden-Württemberger Schwaben. Und genauso sehen es die Elsässer und die Schweizer. Für die jedenfalls sind auch die Badener in Freiburg Schwaben. Historisch gesehen haben sie auch recht. Und im Grunde genommen sind die Elsässer und die meisten Deutschschweizer ja auch selbst Schwaben.«

»Na, na«, unterbrach ihn Rita.

Engel ließ sich nicht aus der Ruhe bringen, dozierte weiter: »Das alte Herzogtum Schwaben reichte von den Vogesen bis an den Lech und vom Comer See bis an den mittleren Neckar. ›Baden‹ und ›Württemberg‹ sind ja eigentlich nur Familiennamen. Hätte man nach dem Ersten Weltkrieg wie in Österreich die Adelstitel abgeschafft, wäre das jedem sichtbar, auch Ihnen. Der jetzige ›badische Markgraf‹ hieß dann eben Bernhard Baden und sein Kollege, der ›Herzog von Württemberg‹, nur noch Carl Württemberg. Anscheinend hängen die Badener wie die Württemberger aber noch immer an ihren einstigen Feudalherren. Nirgends in Deutschland nennt sich ein Land nach seinen alten Fürsten. Man muss sich mal vorstellen: Die Sachsen hießen sich Wettiner und die Bayern Wittelsbacher.«

»Und was ist mit Schleswig-Holstein oder Sachsen-Anhalt, das sind doch auch ehemalige Adelshäuser?«, wandte Rita ein. Als Engel nur die Achseln zuckte, meinte sie versöhnlich: »Ich kenn da einen schönen Spruch: It's nice to be a Preiß

It's higher to be a Bayer

But it is a Gottesgab

To be a Schwab.«

Engel zögerte nicht lange, antwortete hintergründig: »Da kann ich nur zustimmen: Über Baden lacht die Sonne, über Schwaben die ganze Welt.«

Rita gab sich geschlagen, änderte nach pflichtgemäßem kurzen Lachen das Thema: »Sie haben in Berlin gelebt, sagten Sie?«

Sauter kam Engel zuvor. »Das ist lange her. 60er-Jahre, wir haben zusammen dort studiert.«

»Das auch, gelegentlich«, sagte Engel. »Aber vor allem haben wir Politik gemacht. Damals haben wir die Berliner Gesellschaft ganz schön aufgemischt.«

»Und dann?«

Engel grinste und kniff seine Äuglein zusammen. »Soll das jetzt ein Verhör werden? Aber bitte, ich habe nichts zu verheimlichen. Ein paar Jahre Taxifahrer, Tierpfleger im Zoo, dann bin ich eine Weile zur See gefahren, und dann habe ich mich selbstständig gemacht.«

Er machte eine Pause, Rita blickte ihn neugierig an. Bevor sie eine weitere Frage formulieren konnte, sagte Sauter: »Heinz Engel leitete eines der erfolgreichsten Werbeunternehmen in den USA.«

»Und ich habe es grandios an die Wand gefahren.

Seitdem tingle ich als fahrender Philosoph durch die Welt, und ab und zu schau ich auch im Ländle vorbei, besuche meinen alten Kumpel Clemens, wenn ich auf dem Weg in die Schweiz bin, zu meinen Devisenreserven«, fügte er schelmisch hinzu. »Aber Sie wollen wohl vor allem wissen, wie ich zur Bäringer Schnapsleiche geworden bin. Das ist schnell erzählt. Zur Feier meiner Ankunft in Bäringen hab ich mir ein, zwei Schnäpschen gegönnt.«

»Ein, zwei Schnäpschen«, höhnte Rita.

»Fläschle halt, ein gutes Kirschwässerle und einen Bäringer Birnenbrand. Damit wollte ich ursprünglich mit Clemens auf unser Wiedersehen anstoßen. Aber er war nicht zu Hause. Deshalb stieg ich zum Schulhof hinauf, genoss die schöne Aussicht über das Städtchen, schaute zur Brezelfabrik von Eberle hinüber, dem alten Schlawiner, und versuchte vergeblich herauszufinden, welche der beiden hochgeistigen Bäringer Spezialitäten besser schmeckt. Ich konnte mich nicht entscheiden. Schließlich hab ich mir ein Plätzchen zum Schlafen gesucht ...«

»Und aufgewacht sind Sie im Krankenhaus.«

»Was bin ich erschrocken! So ein Missverständnis, das kann Ärger geben, sagte ich mir, nahm meine Sachen und machte, dass ich davonkam.«

»Sie kennen Eberle?«

»Flüchtig, Clemens hat mich mal vor Jahren zu einer Familienfeier mitgenommen, runder Geburtstag seiner Nichte, Eberles Frau.«

»Sie wissen, dass Sie von der Polizei gesucht werden?«

Engel lachte. »Sehen Sie, Ärger mit den Bullen bin ich von Jugend auf gewöhnt.«

Rita ließ nicht locker. »Ihre Geschichte klingt ja ganz lieb, aber ich glaube, Sie haben was Wichtiges vergessen. Ein Sanitäter hat im Krankenwagen in Ihrem Rucksack ein Päckchen mit Rattengift gefunden.«

Engel verging das Lachen. Sauter wurde blass, blickte befremdet und erschrocken auf Engel.

»Rattengift, in meinem Rucksack?«

»Liegt jetzt bei der Polizei, aber die wird es wohl nicht rausrücken«, sagte Rita trocken.

Engel wirkte hilflos. »Ich habe keine Ahnung … kann mir auch nicht erklären …«

»Der Erpresser hat mit Rattengift gedroht«, sagte Sauter leise.

»Du meinst doch nicht etwa …?« Engel blickte verwirrt auf Sauter, dann auf Rita, stand auf und verließ grußlos den *Kapuzinerkeller*.

Betroffenes Schweigen.

»Engel kann unmöglich der Erpresser sein«, sagte Sauter nach einer Weile. »Ich kenne ihn seit 50 Jahren. Außerdem weiß er über die Bäringer Verhältnisse nicht Bescheid, kennt hier niemanden außer mich.«

»Eben.« Rita räusperte sich. »Vielleicht sind ihm Ihre Querelen mit Eberle nicht unbekannt? Wer weiß, wie lange er schon um Bäringen herumstreicht und seine Erkundigungen anstellt, um dann daraus einen perfekten Plan zu entwickeln, dem nur sein Suff dazwischengekommen ist.«

»Das ist doch absurd«, schnaubte Sauter, stand auf, verabschiedete sich mit einem kurzen Kopfnicken und rauschte ebenfalls ab.

»Sollten wir jetzt nicht lieber Kommissar Böckle Bescheid geben?«, fragte ich.

Rita schüttelte den Kopf. »Wir halten uns da schön raus. Der Böckle soll weiter den Thierse bewachen. Ich glaube, der Fall nimmt eine entscheidende Wende. Hast du beobachtet, wie die beiden reagiert haben? Engel schien wirklich überrascht. Fast glaub ich ihm, dass er nichts mit der Sache zu tun hat.«

»Und das Rattengift?«

»Was weiß denn ich?«, wehrte sie ab.

»Und Sauter? Wieso ist der so schnell davongelaufen? Denkst du, er hat dir übel genommen, was du seinem Freund unterstellt hast?«

»Vielleicht, vielleicht auch nicht. Jedenfalls wurde ihm unser Gespräch unangenehm. Mag sein, dass er weiteren Fragen ausweichen wollte. Wir sollten auf jeden Fall die Augen offen halten.«

DIENSTAG, 21. MAI

Bugs Bunny zeigte mir den Weg. Handgeschriebene Schilder mit feixenden Kaninchengesichtern leiteten mich sicher zur Turn- und Festhalle von Vorderwestersulz. Warmer Stallgeruch vermischt mit dem Schweiß der zahlreichen Besucher dampfte mir entgegen. Wo denn der Vereinsvorsitzende sei? Ich fragte mich durch, bis mir ein Junge Auskunft geben konnte. Er zeigte lachend auf einen rüstigen Sechziger, der hinter einem ausgebüxten Kaninchen her war. Es blieb mir wohl nichts übrig, als mich an der Jagd zu beteiligen. Der Junge half fröhlich mit.

»Cool! Ich krieg ihn, wetten?«

»Untersteh dich, ihm wehzutun!« Der Hasenzüchterpräsident sah ihn funkelnd an, doch der Junge lachte nur.

»Ich hab selbst zwei Karnickel. Ich weiß schon, wie man das macht!«

Das Tierchen zog sich verschüchtert in eine Ecke zurück, als es uns zu dritt anrücken sah. Es schien die Aussichtslosigkeit eines neuen Fluchtversuchs erkannt zu haben. Mit einem geschickten Griff packte es der Vereinsvorstand an den Löffeln, setzte es in seine Armbeuge, kraulte behutsam seinen Nacken und begann ihm beruhigend zuzureden. Dann wandte er mir sein schweißnasses hochrotes Gesicht zu und strahlte.

»Vielen Dank, der kleine Ausreißer sieht das vielleicht anders, aber Sie haben uns wirklich sehr geholfen.«

Er streichelte dem verängstigten Kaninchen über sein flauschiges Fell und beförderte es in einen geräumigen Käfig. Ich stellte mich als Journalist vom *Schoppendorfer Echo* vor, worauf er mir eilfertig berichtete, Frieder Bopser sei sein Name, er leite den Verein seit 20 Jahren, und die Mitgliederzahlen seien in dieser Zeit deutlich angestiegen. Die jährliche Kaninchenausstellung sei immer ein gesellschaftlicher Höhepunkt in Vorderwestersulz.

Da setzte die Blasmusik ein und Bopser verabschiedete sich hastig. Nach seiner Ansprache stünde er mir gerne weiter zur Verfügung. Er boxte sich zum Podium durch und wartete auf den Tusch, der seine Rede eröffnen sollte. Dabei blickte er mit ausdauerndem Lächeln in die Runde, begrüßte diesen und jenen mit nicht zu übersehendem Kopfnicken, betrat schon mal das Podium, positionierte sich hinter dem Rednerpult, ordnete umständlich sein Manuskript, schraubte das Mikrofon herunter, wartete.

Endlich kam der ersehnte Paukenschlag. Durch leichtes Klopfen auf das Mikrofon überzeugte sich Bopser davon, dass seine Rede über die Lautsprecher kam. Ich machte mir während seiner Ansprache fleißig Notizen und fühlte schmerzhaft, wie tief ich gesunken war. Das war ein Auftrag für Aushilfskräfte. Fast hätte ich vergessen, den Vereinsvorsitzenden zu fotografieren. Ein paar Hasen umringt von verzückten Kindergesichtern nahm ich mir auch vor.

Bopser suchte mich mit unruhigen Augen in der Menge, nachdem die Musik wieder eingesetzt hatte, und als er mich ausgemacht hatte, ruderte er auch schon auf mich zu. Ob ich nicht auch den Artikel über die Grundschule in Bäringen geschrieben hätte? Was denn da los sei? Wenn die Eltern mit ihren Lausern nicht fertig würden, hätte es früher ein paar hinter die Löffel gegeben, das hätte gewirkt, jetzt hätten die Saububen nicht mal mehr vor den Lehrern Respekt. Das sei der eigentliche Skandal.

Ich erzählte ihm von Gewalterfahrungen der heutigen Kids, unkontrolliertem Medienkonsum, überforderten Eltern, Werteverfall in der Gesellschaft. Bopser stierte mich an, dann winkte er ab und lachte.

»Ach was, Werteverfall, wenn ich das schon höre. Früher hat man gesagt, das macht man nicht, das darf man nicht, heute erlauben sich die Kinder alles, denen gehört der nötige Respekt beigebracht. Wenn die Brut ungezogen ist, sagen die Eltern, die Lehrer sind schuld, statt sich ihren Nachwuchs einmal vorzuknöpfen. Ich möchte in der heutigen Zeit kein Lehrer sein.«

Dann wechselte er das Thema und stellte mir seine Prachtexemplare vor, prämierte Stars, das Ergebnis jahrzehntelanger Züchterarbeit.

Als ich den Rundgang mit ihm endlich hinter mich gebracht hatte, lief mir Helen Mattes über den Weg. Sie sei völlig falsch zitiert worden im *Echo*, warf sie mir aufgebracht an den Kopf. Und überhaupt: Die Eltern hätten gar nicht gewollt, dass die Sache in der Zeitung breitgetreten werde. Von einem Elternabend im Jagdschloss in vertraulicher Atmosphäre sei die Rede gewesen. Wieso müsse denn da bitte schön die Presse erscheinen? Und der Artikel auf der ersten Seite des Regionalteils! Wie sollten sie jetzt Schulleiter Schmidt unter die Augen treten? »Wie können Sie ihm vorwerfen, er habe keinerlei Führungsqualitäten! Eigentlich macht der seine Sache doch ganz gut. Das ist nicht die beste Werbung für die Gemeinde. Wir sind in Bäringen doch auf Fremdenverkehr angewiesen, und der Ruf der Schule ist jetzt endgültig im Eimer. Tun Ihnen nicht die armen Kinder leid, die in der Zeitung lesen, wie schlecht ihre Schule sei? So was löst keine Probleme, so was schafft welche!«

Ich hatte keine Chance, ihre Wortkaskaden zu unterbrechen, geschweige denn ihr klarzumachen, dass der Kommentar daneben gar nicht von mir stammte. Vergeblich versuchte ich sie mit abwehrenden Händen und einem verlegenen Lächeln zu beschwichtigen. Endlich legte sie eine Verschnaufpause ein. Ich nutzte die Gelegenheit. Ich hätte doch nur über die unterschiedlichen Positionen berichtet, den Kommentar des Ressortleiters hätte ich nicht zu verantworten. Von Malte Eisenbreys Anpfiff sagte ich ihr allerdings nichts. Helen

Mattes mustert mich verständnislos, schnaubte, machte grußlos kehrt und segelte ab.

Ich schob mich durch das Gedränge zum Ausgang. Die frische Luft tat mir gut. So schnell wie möglich wollte ich diesen Mief aus Schweiß, Kaninchen und Provinz hinter mir lassen.

Da sah ich neben meinem Auto Andreas Schwab auf dem Sattel seines Fahrrads lümmeln, ein Bein am Randstein abgestützt. Er trug Radlermontur, den Helm hatte er abgenommen. Auch das noch. Jetzt wartet der Nächste darauf, mich fertigzumachen! Blitzschnell prüfte ich die Chancen, ihm unerkannt zu entwischen. Aber er hatte mich schon ausgemacht und winkte mir fröhlich zu.

»Bin gerade bei meiner täglichen Runde vorbeigekommen, habe Ihren Wagen gesehen, darf ich Sie zu einem Bier einladen?«

Ich nickte ergeben. Er stieg vom Rad und kettete es an den nächsten Baum. Währenddessen setzte ich mich schon mal auf eine der Bierbänke vor der Festhalle, die sich langsam mit Kaninchenzüchtern und ihren Familien füllten. Schwab kam kurz darauf mit zwei schäumenden Glaskrügen an.

»Meine Freunde sagen Andy zu mir«, begann er, nachdem er mir gegenüber Platz genommen hatte.

Schon wieder einer, der mich unbedingt duzen wollte. Was soll's, dachte ich, auf den kommt's nun auch nicht mehr an, hob mein Glas und prostete ihm zu.

»Dörthe ist stinksauer«, begann er, »hat mich heute Morgen beim Brötchenholen runtergeputzt. Nur wegen meines blöden Gequatsches vorgestern Abend sei der Artikel in der Zeitung so lauwarm ausgefallen. Auf dich ist sie übrigens auch nicht gut zu sprechen. Die Sache hätte noch ein Nachspiel. Wie ich sehe, machst du gerade richtig Karriere, vorgestern der Bäringer Schulskandal, heute der Kleintierzüchterverein – entschuldige, sollte nur ein Scherz sein. Aber warum schreibst du nicht, was wirklich los ist?«

Ich brauchte einen Moment, um das alles zu verdauen. »Du hast gut reden. Es gibt nur diese eine Zeitung in der Region, und der meistgehörte Privatsender wird auch vom *Schoppendorfer Echo* gemacht. Ich kann mir meine Auftraggeber nicht aussuchen. Außerdem habe ich den Job erst seit einer Woche und mit vierteljähriger Probezeit.«

Andy betrachtete mich mit einem hintergründigen Lächeln. »›Den Blick in die Welt kann man auch mit der Zeitung versperren.‹ Hast du was zu schreiben?« Er nahm einen großen Schluck, setzte sein Glas energisch ab und grinste. »Das dürfte ich eigentlich einen rasenden Reporter wie dich nicht fragen.«

Ich gab ihm Notizblock und Kugelschreiber. Er notierte eine Telefonnummer und setzte daneben: Martin Groß, Stuttgarter Zeitung.

»Wenn du Mumm hast, ruf da an und schildere die Sache, wie sie wirklich abläuft. Du kannst dich auf mich berufen, ich kenne Martin gut – wir sind Parteifreunde.«

»Kennst du die Steigerung von Feind?«

Andy schaute mich neugierig an.

»Feind, Todfeind, Parteifreund.«

Lachend schüttelte er den Kopf. »Nee, nee, bei uns Grünen ist das anders. Wir stehen zu unseren Prinzipien. Aber ich kenn auch so einen Spruch, den man uns gelegentlich unter die Nase reibt. Eigentlich ist er auf die linken Studenten gemünzt gewesen: Rot denken, grün wählen, blau machen, schwarz schaffen.«

Ich lächelte, zuckte die Achseln, steckte Notizblock und Schreiberling wieder ein und nahm einen tiefen Schluck aus meinem Bierkrug. Durch die dummen Sprüche, die wir ausgetauscht hatten, musste ich an den Gartenzwerg denken, den Altachtundsechziger, der in Bäringen hängen geblieben war.

»Kennst du eigentlich Clemens Sauter?«

»Den Gartenzwerg? Na und ob, bin sogar verwandt mit ihm, mein Lieblingsonkel. Bist du ihm in Bäringen über den Weg gelaufen?«

»Ich habe seine Gartenzwerg-Galerie besucht und konnte nicht widerstehen. Einen habe ich mitnehmen müssen.«

»Welchen?«, fragte Andy interessiert.

»Frau Merkel.«

»Die ist ihm auch besonders gut gelungen. Du solltest mal seine Spontisprüche hören, die er noch draufhat aus seiner Zeit in der Kommune, aber er ist auch

Spezialist für trockene, ironische Bemerkungen zur Tagespolitik. Manche sind fast schon Aphorismen.« Er machte eine kurze Pause, um sich zu konzentrieren: »›Politik ist der Spielraum, den die Wirtschaft ihr lässt.‹ Darüber muss man erst mal eine Weile nachdenken. Nicht mal die Grünen wagen sich an die Banken ran, überlassen das Feld allein den Linken. ›Die Welt ist groß, besonders oben.‹«

»Auch ein Spontispruch?«

»Nee, Wilhelm Busch.«

»Kennst du auch Clemens' Freund, der zurzeit bei ihm wohnt?«

»Heinz Engel, den fahrenden Philosophen? Und ob! Seine Sprüche erreichen zwar nicht das Niveau von Onkel Clemens, dafür ist er einen Tick schriller, aber treu und zuverlässig, schaut regelmäßig bei seinem alten Kumpel vorbei.«

»Dann kennt er sich aus, was so in Bäringen abläuft?«

Andy schaute etwas misstrauisch. »Warum fragst du?«

Als ich nicht gleich antwortete, wechselte Andy das Thema, sprach über die begonnene Bundesligasaison und die Chancen des VFB Stuttgart, erzählte von seinen Kindern, seine Tochter Lena hätte seit Kurzem einen Freund.

»Tobias?«

Verdutzt blickte er mich an. Dann schien er zu begreifen. »Der wohlinformierte Journalist beim *Echo*. Natürlich, die Schnapsleiche! Die beiden haben den Engel besoffen im Schulhof gefunden. Komische Geschichte – und ausgerechnet wieder die Bäringer Schule, Wasser auf die Mühlen von Dörthe und dem ganzen Bäringer Filz.«

»Die Schule soll wohl nicht so schnell aus den Schlagzeilen kommen.«

»Das ist alles so an den Haaren herbeigezogen. Was mir Lena vor ein paar Tagen vom Uhlandgymnasium in Schoppendorf berichtet hat, macht mir mehr Sorgen.«

Meinem auffordernden Blick wich er zunächst aus, dann meinte er: »Dir kann ich's ja sagen, du hast in deinem Artikel bewiesen, dass du verantwortungsvoll mit Informationen umgehst.«

Er machte eine Pause, meine Neugier wuchs.

»Wenn das stimmt, dann haben die am Uhlandgymnasium ein ernstes Drogenproblem. Dealer machen sich nach Schulschluss an Kinder heran und haben wohl auch schon sogenannte Partydrogen verteilt. Crystal heißt das Zeug und kommt aus Tschechien.« Er schaute auf die Uhr, hatte es plötzlich sehr eilig. »Ich muss los, heute Abend ist Gemeinderat. Da wird es auch um die Schule gehen. Schäuffele will uns einen Schulpsychologen einreden. Der steht dermaßen unter dem Pantoffel von Dörthe!«

Ich sah ihm nach, wie er seinen Drahtesel losmachte, sich auf den Sattel schwang und davonradelte.

Während ich noch einmal meine Notizen überflog, formte sich langsam der Artikel.

»Kaninchenshow in Vorderwestersulz – Gesellschaftlicher Höhepunkt im Sulztal« oder doch lieber: »Züchterstolz – Kaninchenausstellung mit Volksfestatmosphäre«?

Jedenfalls würde ich einige feine ironische Spitzen einbauen. Die Kleintierzüchter brauchten sie nicht unbedingt zu bemerken. Sie sollten ihren Artikel morgen zufrieden lesen und die verehrte Geschäftsleitung des *Echos* sehen, dass man auch über ein solches Ereignis hintergründig schreiben konnte. Heute Abend noch wollte ich den Artikel fertig machen und dann direkt zur Schriftsetzung mailen.

Auf dem Heimweg grübelte ich über Andy Schwabs Vorschlag nach. Weshalb riet er mir zu einem solchen Schritt? Der eigenen Zeitung in den Rücken zu fallen? Klar hatte Schwab ein Interesse daran, dass dem Bürgermeister von Bäringen Kontra gegeben würde. Wollte er mich vor den Karren der Gemeinderatsopposition spannen oder meinte er es ehrlich und wollte mir helfen, mein Gesicht zu wahren?

Die Sache, die sich um die Bäringer Grundschule abspielte und in die ich nun selbst tief verwickelt war, hatte zweifellos einige Brisanz, wenn man die Vermischung von Macht, Eigeninteresse, Intrigen und regionalem Pressemonopol betrachtete. Das *Schoppendorfer Echo* erschien mit dem Hinweis »Unabhängige Tageszeitung«. Was die Eisenbreys gerade anstellten, sprach diesem Etikett Hohn.

War ich nicht dafür abgestraft worden, dass mein Artikel nicht nach den Erwartungen des Eisenbrey-Clans aufgezäumt war? Frisch gewagt, ist halb gefeuert! Wenn ich mich allerdings auf Schwabs Vorschlag einlassen sollte, wäre ich wohl fertig mit dem *Schoppendorfer Echo*, und ob ich mich bei der Stuttgarter Zeitung für eine Anstellung empfehlen würde, wenn ich gerade dabei war, meinen bisherigen Arbeitgeber in Verruf zu bringen, war alles andere als wahrscheinlich.

Zu Hause warf ich einen kurzen Blick auf den Notizblock mit der Nummer, die mir Andy Schwab aufgeschrieben hatte. Ich riss die Seite heraus und überlegte einen Moment, ob ich sie gleich zerknüllen sollte. Abwarten, Nils, entschied meine innere Stimme. Ich schob den Zettel unter meinen Laptop.

DONNERSTAG, 23. MAI

Vergeblich suchte ich am Morgen beim Frühstück meinen Artikel im Regionalteil des *Echos*, der groß aufgemacht war mit einem Mehrspalter über die gestrige Gemeinderatssitzung in Bäringen. Susanne Friedle hatte darüber berichtet. Ich erinnerte mich, was sie mir über ihr Gespräch mit Dörthe Eisenbrey erzählt hatte. Daher wehte also der Wind, deshalb wurde sie ebenfalls zum Elternabend eingeladen!

»Eltern unzufrieden mit der Schulleitung«, lautete die Schlagzeile und dann ging's los: Rektor Schmidt habe gestern vor dem Gemeinderat eine jämmerliche Figur gemacht, habe die Zustände an der Schule einmal mehr heruntergespielt. Damit sei die Chance endgültig vertan, die Gewaltprobleme an der Schule endlich in den Griff zu bekommen.

Na bravo, dachte ich. Genau das wollen die Eisenbreys, Schäuffeles und Harschs lesen. Genau so hätte ich meinen ersten Artikel schreiben sollen. Hatten mir das nicht alle mehr oder weniger zu verstehen gegeben? Pressefreiheit in Schoppendorf! Wer kriecht, kann nicht stolpern.

Ich blätterte noch einmal den Regionalteil durch, suchte vergeblich meinen Artikel über die Vorderwestersulzer Kaninchen. War ich gestern Abend zu spät dran gewesen oder hatte ihn die Geschäftsleitung herausgenommen?

In der Redaktion klärte mich Rita auf. Mein Bericht sei im Lokalteil »Oberes Sulztal«. Schoppendorf hätte einen anderen Lokalteil. Sie blätterte die Obere-Sulztal-Ausgabe auf und zeigte mir meinen Artikel. Er stand ganz am Ende der Seite, ein Einspalter, gut auf die Hälfte gekürzt, mit kleinem Bild. Der glückliche Frieder Bopser mit einem seiner Prachthasen. Auf der Seite gegenüber die Todesanzeigen. Alle geistreichen Spitzen waren sorgsam aus meinem Artikel entfernt. Übrig geblieben war ein Torso von Fakten.

»Der Chef hat über meinen Kopf weg entschieden, dass Susanne über die Gemeinderatssitzung berichteten soll«, entschuldigte sich Rita. »Und dass dein Text über die Vorderwestersulzer Kaninchenausstellung zusammengestrichen worden ist, hab *ich* nicht veranlasst.«

Gegen halb elf kam Nora Martini in die Redaktion. Ich sah über vier Schreibtische hinweg, wie sie energisch auf Rita einredete und diese hilflos die Hände hob, vermutlich um sich zu rechtfertigen. Anschließend kam sie zu mir herüber.

»Da ist ja eine unglaubliche Geschichte am Laufen. Das stinkt doch zum Himmel! Was sagst du denn dazu, dass man dir die Berichterstattung über die Bäringer Grundschule entzogen hat? Das geht doch eindeutig zu weit. Du kannst dir das nicht gefallen lassen!«

Ich stand auf, gab ihr die Hand, wünschte ihr erst einmal einen guten Morgen und spielte den Unerschütterlichen. »›Man muss in den Dreck hineingeschlagen haben, um zu wissen, wie weit er spritzt.‹ Ist von Wilhelm Raabe. Man lernt eben täglich hinzu.«

Sie zog die linke Augenbraue hoch, zögerte einen Moment, dann schüttelte sie den Kopf. »›Mancher kann nicht aus dem Fenster hinausdenken.‹ Ist von Wilhelm Busch. Ich muss mit Malte Tacheles reden.«

Dann machte sie Susannes Artikel fertig. »Völlig indiskutabel. Diese Einseitigkeit in der Darstellung. Keinerlei Fingerspitzengefühl, plumpe Anschuldigungen gegen den Schulleiter. Und schlecht geschrieben ist er auch. Die sollte sich ein Beispiel an dir nehmen. Deine Schilderung des Bäringer Elternabends war nuanciert, kenntnisreich, reflektiert und stilistisch versiert.« Sie rollte mit den Augen und hob die Hände. »Wie kam der nur auf die Idee, die Friedle damit zu beauftragen.«

Sie verabschiedete sich kurz – »Man sieht sich!« – und stürmte aus der Redaktion.

Bei der Besprechung am Nachmittag erklärte mir Rita meinen nächsten Auftrag: Preisverleihung beim Aufsatzwettbewerb der Unterstufe im Schoppendorfer Uhlandgymnasium. Sie vermied, mir in die Augen zu sehen, zuckte nur die Achseln. »Anweisung vom Chef.«

SONNTAG, 26. MAI

Ich joggte mir den Frust von der Seele. Die ausgedehnten Parkanlagen an der Sulz hatte ich schon einige Male umrundet, da traf ich auf Rita. Sie machte Dehnübungen an einer Parkbank. Als sie mich kommen sah, winkte sie mich zu sich.

»Setz dich. Du ahnst nicht, was gestern geschehen ist.«

»Haben sie den Erpresser geschnappt?«, fragte ich, noch immer ein bisschen kurzatmig.

»Im Gegenteil. Der ganze Aufwand hat zu nichts geführt. Drei Beamte, rund um die Uhr im Einsatz, beobachten pausenlos den Thierse und dann das!«

»Nun sag schon!«

Rita genoss wieder mal meine Ungeduld. »Tagelang hat die Polizei auf den Erpresser gewartet, aber der ist einfach nicht aufgetaucht. Eberle rief jeden Tag bei der Polizei an. Einmal kam ein Kunde zu Sauter und interessierte sich für Wolfgang Thierse. Sauter hat ihn mit Mühe abwimmeln können. Thierse sei schon verkauft, aber auf Wunsch könne er ihn noch einmal backen. Schließlich wird es Kommissar Böckle zu bunt. Er bläst die Aktion ab. Als er die Plastiktüte aus dem Zwerg herausnimmt, findet er darin fein zusammengerollte Blätter Zeitungspapier. Das Geld ist weg.«

»Aber du hast doch gesagt, Sauters Laden wurde Tag und Nacht bewacht?«

»Meistens sogar von zwei Beamten gleichzeitig, außerdem wurde alles auch mit einer Videokamera aufgezeichnet. Sauter hat über seiner Ladentür die Nacht über Licht brennen lassen. Auf der Aufzeichnung ist keine verdächtige Aktion zu sehen.«

»Was ist mit Engel?«

Rita stutzte. »Das weiß du ja noch gar nicht! Der hat sich gleich nach unserem Treffen der Polizei gestellt, dabei seine Unschuld beteuert, wurde aber trotzdem in Untersuchungshaft genommen. Mit Sauter hat er sich zuvor gründlich ausgesprochen. Sauter hat dann nicht lockergelassen, Böckle davon zu überzeugen, dass Engel nichts mit der Erpressung zu tun haben kann, und der Richter musste Engel tatsächlich aus der U-Haft entlassen, da man auf der Rattengiftpackung keine Fingerabdrücke von ihm gefunden hat. Böckle hat nun keine Anhaltspunkte mehr gegen Engels Unschuldsbeteuerung, jemand hätte ihm das Gift zugesteckt.«

»Und jetzt?«

»Eberle ist der Einzige, dem das anscheinend ganz recht ist. ›Jetzt hat die Sach' wenigstens ein End'‹, hat er gesagt. Die Polizei prüft alle erdenklichen Spuren: Fingerabdrücke auf dem Gartenzwerg, auf der Plastiktüte, auf dem Zeitungspapier. Die Zeitungsausgabe wurde überprüft, Spurensicherung rund um Sauters Laden – der Erpresser muss eine Tarnkappe gehabt haben und durch die Luft geflogen sein.«

»Und die Fünfhunderterscheine? Böckle hat doch die Nummern notiert?«

»Die sind noch nicht aufgetaucht. Nach Engel wird jetzt vor allem Sauter verdächtigt. Er hat mich gestern angerufen und sich bitter beklagt. Stundenlang habe ihn Böckle verhört. Ob er einen zweiten Thierse getöpfert und diesen vielleicht präpariert und ausgetauscht hätte. Sauter war außer sich. Er wollte mich überreden, jetzt das Schreibverbot zu brechen und einen geharnischten Artikel über die Unfähigkeit der Schoppendorfer Kripo zu schreiben, die sich jämmerlich blamiert habe und nun unbescholtene Bürger verdächtige. Am liebsten hätte ich ja gleich damit begonnen, aber der Chef hat mich zurückgepfiffen, als ich ihm die neue Entwicklung am Telefon geschildert hatte. Das könne uns als Störung der Ermittlungstätigkeit ausgelegt werden. Ich solle mich noch ein wenig gedulden, bis der Täter überführt sei. Wenn du mich fragst, kann das noch lange dauern. Die Polizei hat keinen Schimmer, wie das abgelaufen sein kann. Alles spielte sich unter ihren Augen ab, und alles ist lückenlos auf Video dokumentiert.« Rita stand von der Parkbank auf, brachte sich in Stellung und begann Rumpfbeugen zu machen.

Ich lehnte mich zurück und sah ihr fasziniert zu. Diese Beweglichkeit hätte ich ihr nie zugetraut. »Und was denkst du?«

Rita streckte sich und sah mich nachdenklich an. Nach einer kurzen Pause sagte sie. »Böckle hat mir Ausschnitte aus dem Video gezeigt. Für einen Augenblick war der Gartenzwerg verdeckt, nämlich als der Thierse-Kunde mit Sauter verhandelt hat. Wenn die zwei unter einer Decke stecken, könnten sie vielleicht … Aber eigentlich ist das unmöglich. In so kurzer Zeit kann man keinen Gartenzwerg umtauschen, höchstens sie hätten nur das Päckchen gewechselt. Das müsste dann aber sehr geschickt und sehr schnell vor sich gegangen sein. Böckle meint das auch, er hat allerdings trotzdem die Suche nach dem ominösen Thierse-Fan eingeleitet.«

»Aber Sauter kann es doch nicht gewesen sein, der mir eins übergebraten hat. Der war zu der Zeit doch in seinem Laden!«

»Der Fremde vielleicht? Der erste Versuch, noch in der Nacht an Thierse zu kommen, war ja gescheitert. Dann hat er es vielleicht noch einmal mit seinem Komplizen Sauter gemeinsam versucht?« Sie griff nach meinem Oberarm. »Was ich dir erzählt habe, bleibt unter uns, das hast du mir versprochen.«

Ich versicherte ihr vollste Verschwiegenheit, nutzte die Gelegenheit, um eine Frage loszuwerden, die mich umtrieb: »Was läuft eigentlich mit dir und Susanne?«

Rita blickte fahrig auf. »Was soll da sein?« Dann besann sie sich und ergänzte gelassen: »Wenn da was sein sollte, Berufliches und Privates kann ich trennen, da kannst du beruhigt sein.«

Ich hatte verstanden – mehr würde sie nicht rauslassen –, verabschiedete mich kurz und joggte los. Ich beneidete Rita und bedauerte sie zugleich. Was für eine Story!

MITTWOCH, 29. MAI

Sollte ich Blumen mitbringen oder eine Flasche Wein? Ich entschied mich für ein Bändchen mit Aphorismen von Lichtenberg.

Nora Martini hatte gestern Abend noch bei mir angerufen und mich zum Kaffee zu sich nach Hause eingeladen. Ich hatte nach kurzem Zögern die Einladung angenommen.

Sie wohnte in einer alten Villa, keine fünf Minuten von meiner Wohnung entfernt. Jugendstil, farbiges Glas mit Ornamenten und Figurenkompositionen. Wie das wohl von innen aussah?

Ich schritt durch einen großzügig angelegten Vorgarten über einen gekiesten Weg, links von mir hohe Azaleen, rechts die ebenfalls gekieste Zufahrt zu einer einzeln stehenden Garage mit Walmdach, vor der ich ihren Landrover erkannte. Daneben ein Verandavorbau, die schwere Eingangstür aus dunkler Eiche, ein Glockenzug, den ich vorsichtig betätigte.

Das feine Dingdong wurde von einem dunklen Bellen erwidert. Der Türöffner schnurrte, und zaghaft drückte ich gegen den Knauf. Bismarck hatte seinen Kopf schief gelegt, schaute mich erwartungsvoll an und wedelte mit dem Schwanz. Gott sei Dank knurrt er nicht, versuchte ich mich zu beruhigen, da stellte sich Bismarck auf die Hinterbeine und legte mir seine Vorderpfoten auf die Schultern. Aug in Aug stand ich ihm gegenüber und starrte seine Zunge an, die ihm aus dem halb geöffneten Maul hing.

»Er scheint dich zu mögen, das macht er nur bei ganz liebem Besuch.« Nora war hinter ihm aufgetaucht, gab Bismarck einen Klaps, worauf der von mir abließ und davontrottete, als sei nichts gewesen.

Sie führte mich durch einen dunklen Flur in die Wohnhalle, die über ihre gesamte Breite mit hohen sprossenverglasten Türen den Blick in einen Park mit alten Bäumen freigab. In einem ausladenden Kamin flackerte ein gepflegtes Feuer, davor war ein kleiner Tisch für zwei gedeckt.

Ich bestaunte ehrfürchtig den gediegenen Wohnstil, überreichte mein Geschenk, das Nora mit entzückter Überraschung entgegennahm und gleich öffnete.

»Lichtenberg! Weißt du, was Goethe über ihn geschrieben hat? ›Wo er einen Spaß macht, liegt ein Problem verborgen.‹ Ich liebe Lichtenberg, sein beißender Spott hat so etwas herrlich Erfrischendes.«

Ich lachte pflichtbewusst und antwortete: »Er hat auch einen Aphorismus über die Schule verfasst: ›Allzu sorgfältige Erziehung liefert uns Zwergobst.‹«

»Und über die Journalisten.« Nora Martini zog die Stirn in Falten, dachte kurz nach und zitierte: »›Er kann die Tinte nicht halten und wenn es ihm einfällt, jemanden zu besudeln, so besudelt er sich selbst am meisten.‹ – Wobei wir schon beim Thema wären, aber davon später, wir wollen uns nicht Appetit und gute Laune verderben lassen. Setzen wir uns doch.«

Sie versorgte mich mit Kaffee, Kuchenschnittchen, erzählte von früher, von ihrer Arbeit als Chefredakteurin und Geschäftsführerin des *Echos*. Zusammen mit Maltes Vater habe sie die Zeitung aufgebaut.

»Es war nicht leicht, sich gegenüber der Konkurrenz durchzusetzen. Ja, vor dem Krieg, also vor den Nazis, hat es drei Zeitungen in Schoppendorf gegeben. Nach '45 hat noch lange der *Sulzbote* dagegengehalten, aber wir haben die Zeichen der Zeit früher erkannt: Einstieg in den privaten Rundfunk – *Radio Sulztal*. Aufbau eines eigenen Internetservicenetzes, dadurch Kundenbindung. Inzwischen hat sich das *Echo* seine Position erkämpft – und sollte sich bemühen, sie mit Anstand zu halten«, setzte sie grimmig hinzu. Was ich denn so für Erfahrungen während meiner Ausbildung gemacht hätte?

Was sollte ich ihr erzählen?, fragte ich mich und entschied mich, meine Professoren in Politikwissenschaft und Medienmanagement zu karikieren, was Nora Martini amüsiert und augenzwinkernd kommentierte.

Schließlich fragte sie nach meinem Elternhaus, wo ich aufgewachsen sei, und ich stellte verwundert fest, wie leicht es mir fiel, ihr mein Privatleben offenzulegen. Ich erzählte, dass ich mich vor Kurzem von meiner langjährigen Freundin getrennt hätte, sie seufzte mitleidig und griff nach meiner Hand, die ich sacht zurückzog. Sie fasste sich, lehnte sich zurück, wechselte das Thema.

»Ich habe gestern Abend noch lange mit Malte telefoniert. Seine Einstellung gefällt mir ganz und gar nicht. Ich will ganz offen sein. Er wirft dir mangelnde Loyalität vor. Wenn einer schon während der Probezeit gegen die Linie verstieße, die er als Chefredakteur vorgebe, sei das für die Zukunft ein schlechtes Omen. Vorgegebene Linie! Ja, wo leben wir denn?«, schlug sie entrüstet mit der flachen Hand auf den Tisch, dass die Tassen klirrten. »Ich habe ihm gründlich den Kopf gewaschen, ihm erklärt, dass er Persönliches und Berufliches doch bitte auseinanderhalten sollte und dass das ein ganz übler Stil sei. Guter Journalismus fordere eigenes Urteilsvermögen, die Rolle eines Chefredakteurs kritische Toleranz seinen Mitarbeitern gegenüber. Er hat das auch zugegeben, sich aber zu rechtfertigen versucht, dass die Zeitung in diesem Fall ein öffentliches Interesse wahrnehmen und Missstände aufdecken müsse, und das könne er sehr wohl von einem jungen Journalisten in der Probezeit einfordern. Ich glaube, am liebsten wäre ihm, wenn du selbst von dir aus die Probezeit beenden würdest. Ich sehe das ganz anders. Diesen Gefallen darfst du ihm nicht tun. Mir sind leider die Hände gebunden. Der Alte hört nicht mehr auf mich, seit seine Nichte ihn umsorgt. Malte akzeptiert zwar meine Argumente, hat aber zu wenig Courage, sich gegen seinen Vater und seine Cousine durchzusetzen.«

Ich war von ihrer gnadenlosen Offenheit fast erschlagen, riss mich aber zusammen, versuchte Humor zu zeigen und gleichzeitig eindeutig zu sein. Viel zu verlieren hatte ich nicht mehr. Lichtenberg half mir dabei. Es hatte sich ausgezahlt, dass ich gestern Abend noch in dem Bändchen geschmökert hatte.

»Um es mit Lichtenberg zu sagen: ›Es ist fast unmöglich, die Fackel der Wahrheit durch ein Gedränge zu tragen, ohne jemandem den Bart zu versengen.‹ Ich habe mit verschiedenen Eltern, der Elternbeiratsvorsitzenden und mit Rektor Schmidt gesprochen. Meine Auffassung ist inzwischen, dass es sich nicht um einen Schulskandal in Bäringen handelt, sondern um einen hausgemachten Presseskandal. Vielleicht war es ein Fehler, dass ich das in meinem Artikel nicht deutlich gemacht habe.«

Nora schien meine Antwort zu gefallen. Sie lächelte. »So unrecht hast du da gar nicht. Presseskandal ist ein scharfes Wort, aber vielleicht lässt er sich noch verhindern. Ich kenne übrigens die Schwiegermutter von Helen Mattes. Sie ist meine Physiotherapeutin. Die hat mir die Geschichte aus ihrer Sicht erzählt. Der Schmidt zeigt Standvermögen, hat sie gesagt, das müsse man ihm lassen. Die meisten Eltern stünden auf seiner Seite. Man weiß sehr wohl in Bäringen, dass der Bürgermeister sich profilieren möchte, sich als Retter der Schule aufspielen will. Aber dass er dafür erst die Schule in seinem Städtchen in Verruf bringen muss, ist doch sprudelnder Unsinn! Ihre Schwiegertochter, die Elternbeiratsvorsitzende, habe einen großen Fehler gemacht, sagt sie, als sie die Einladung zum Elternabend im Jagdschloss angenommen habe. Sie hat das inzwischen wohl auch eingesehen und arbeitet wieder demonstrativ mit Schmidt zusammen. Vorgestern war Elternbeiratssitzung, und alle Elternvertreter haben sich dafür ausgesprochen, dass die Kampagne gegen die Schule beendet werden müsse. Schmidt hat dagegen die Auffassung vertreten, es sei für die Schule besser, die Sache allmählich im Sande verlaufen zu lassen, als weiter Öl ins Feuer zu gießen. Das spricht eindeutig für ihn. Die Eltern haben jedenfalls beschlossen, Schmidts Kurs, die Schwierigkeiten mit pädagogischen Maßnahmen anzugehen, voll und ganz zu unterstützen.«

Was sollte ich da noch sagen? Nora Martini wusste genau Bescheid, aber was bezweckte sie mit dieser Offenheit? Wollte sie deutlich machen, dass sie meine Einschätzung teilte, mir aber nicht helfen konnte? Wollte sie mir nahelegen, eindeutiger Stellung zu beziehen, auch wenn ich damit ins offene Messer rannte?

Sie schien meine Gedanken zu erraten und meinte: »Malte hat eine Lektion verdient. Ich habe mir da was überlegt, und es wird nicht zu deinem Schaden sein.«

Nach dem Kaffee führte sie mich durch ihren großen Garten. Dabei fiel mein Blick auf einen Gartenzwerg, der die Hofeinfahrt bewachte. Er saß auf einem Nachttöpfchen und schielte über eine aufgeschlagene Zeitung, die er verkehrt herum vor sich hielt. Unverkennbar zeigte er die Gesichtszüge von Eisenbrey senior.

»Ein Werk von Sauter?«, fragte ich, nicht um eine Bestätigung zu erhalten, sondern um ihr eine Vorlage zu geben, die sie prompt annahm.

»Eine Auftragsarbeit, als ich mich einmal furchtbar über den Alten geärgert hatte«, antwortete sie mit ironischem Lächeln. »Sauter hat mir dabei geholfen, mein inneres Gleichgewicht wiederzufinden. Schade, dass er nach den jüngsten Entwicklungen so unter Druck steht.«

Ich wusste wieder einmal nicht, was ich darauf antworten sollte. War sie etwa über den Erpressungsfall informiert? Sie erkannte meine Verlegenheit und kam mir zuvor: »Rita hat nicht nur dich eingeweiht. Die halbe Redaktion weiß Bescheid. Aber wir halten natürlich alle dicht. Sauter zu verdächtigen, ist Schwachsinn. Ich traue ihm einiges zu, aber für so was Banales wie eine Erpressung hat er zu viel Humor. Das ist nicht sein Ding. Das wäre zu plump. Außerdem wäre er dann nicht so blöd, Rita zu bitten, im *Echo* darüber zu schreiben, als er sich aufgeregt hat, nun selbst zu den Hauptverdächtigen zu gehören.«

»Könnte das nicht ein Kniff sein, den Verdacht von sich abzulenken?«

»Nein, ich denke eher an einen Angestellten von Eberle. Er soll oft jähzornig sein und ist alles andere als ein beliebter Chef. In seinem Betrieb hätten viele ein Motiv, ihn mal richtig aufs Kreuz zu legen – oder er steckt selber hinter der Geschichte und es ist einer seiner Tricks.«

»Du meinst, er will Sauter fertigmachen?«

»Auch das ist nicht auszuschließen. Allerdings würde er damit ein hohes Risiko eingehen.«

»Hat Rita dir auch von der Überwachung rund um die Uhr und von dem Videoband erzählt?«

Nora lachte und winkte ab. »Die Polizei macht es sich zu einfach. Hier ist echter kriminalistischer Spürsinn gefragt. Bloß darauf zu warten, dass die Falle zuschnappt, ist zu wenig, wie wir ja gesehen haben. Kein Mensch kann sich stundenlang hundertprozentig konzentrieren. Und die Technik lässt sich manipulieren.«

FREITAG, 31. MAI

Sie hatte mich zu einer Pressekonferenz mit dem Kultusminister eingeladen. Da ich erst am nächsten Mittwoch zu den Pennälern ins Uhlandgymnasium sollte, hatte ich zugesagt. Rita hatte nichts dagegen.

»Es ist kein Fehler, wenn du dir wenigstens die Martini warmhältst«, hatte sie etwas missmutig gebrummt.

Sie wollte mich mit ihrem Wagen um neun bei meiner Wohnung abholen. Der Himmel hatte sich zugezogen, und ich wartete mit den Gartenzwergen vor der Rosenhecke im Vorgarten. Sollte ich einen Schirm mitnehmen?

Zehn nach neun. Ich begann mich zu ärgern. Für meinen Artikel über das Uhlandgymnasium brauchte ich keine Pressekonferenz mit dem Kultusminister. Vielleicht hat sie mich auch schlichtweg vergessen? Viertel nach neun.

Ich entschied, wieder ins Haus zu gehen, als die ersten Tropfen auf die Steinplatten fielen und in der warmen Sommerluft einen würzigen Duft nach frischer Erde verströmten. Da hörte ich sie kommen. Sie hielt direkt vor der Gartentür, ließ die Seitenscheibe herunter. Aus dem Autoradio dröhnte klassische Musik. Irgendwas von Johann Sebastian Bach.

»Hallo, du machst ja ein Gesicht wie drei Tage Regenwetter. Komm, steig ein, es gibt Neuigkeiten.«

Sie begrüßte mich mit einem aufmunternden Blick und drehte das Radio leiser. Kaum hatte ich auf dem Beifahrersitz Platz genommen, ließ sie den Motor aufjaulen und preschte mit quietschenden Reifen los. Ich erhaschte noch den erschrockenen Blick von Frau Eisele hinter den Küchengardinen.

Als wir auf den Autobahnzubringer einbogen, ließ sie endlich die Katze aus dem Sack. »Ich hab noch mal mit Malte und seinem Vater gesprochen und ihnen deutlich meine Meinung gesagt. Diesmal mit mehr Erfolg, denn die Angelegenheit hat inzwischen eine ungeahnte Wendung genommen. Halt dich fest: Die Landesdatenschutzbehörde hat Wind von der Aktion bekommen und ermittelt wegen der Umfrage. Sie haben deinen Artikel gelesen und bei Malte nachgeforscht, was an dem Zeitungsbericht dran sei, ob die Stadtverwaltung die Bäringer tatsächlich über ihre Meinung zu Schulleitung und Lehrer befragt. Nach Landesdatenschutzgesetz darf nämlich nur die Schule unter Beachtung strengster Auflagen Umfragen unter den Eltern, Kollegen oder Schülern durchführen. Personenbezogene Daten dürfen dabei nicht erhoben werden. Malte hat mir das recht nachdenklich berichtet, und ich habe gleich nachgehakt, dass es vielleicht besser sei, wenn *du* wieder über den Bäringer Schulstreit berichten würdest. Eine ausgewogene, seriöse Darstellung sei jetzt gefordert – im Interesse des *Echos* und auch seiner Familie. Malte hat mir schließlich rechtgeben müssen. Dann hab ich den Alten angerufen. Der hat zunächst abgewiegelt. Man solle den Vorgang doch nicht dramatisieren. Nein, hab ich ihm gesagt, hier geht's ums Prinzip. Das *Echo* hat zwar das Informationsmonopol im Sulztal, aber daraus erwächst ihm eine besondere Verantwortung. Was da gerade abläuft, entspricht nicht unserem Stil. Schließlich hat er nachgegeben. Dann solle der Neue eben wieder die Berichterstattung übernehmen.«

Ich würde mir die Sache überlegen, antwortete ich mit gespielter Gelassenheit, während die unterschiedlichsten Gedanken durch meinen Kopf purzelten. Sollte ich Vabanque spielen und den Fall ohne Rücksicht so darstellen, wie ich ihn wirklich sah, als Provinzposse mit bedenklichen Zügen, oder sollte ich die zweite Chance nutzen, um doch noch beim *Schoppendorfer Echo* eine feste Anstellung zu bekommen?

Aber wollte ich wirklich die nächsten Jahre unter den Eisenbreys arbeiten in dieser Atmosphäre von Kleingeist und Provinz? Sollte ich nicht doch lieber Andy Schwabs Beziehungen zur Stuttgarter Zeitung ausloten, den Strohhalm ergreifen, um hier rauszukommen?

Von der Tiefgarage des Landtags führte ein Treppenschacht direkt ins Foyer. Die Pressekonferenz sollte im Plenarsaal stattfinden. Auf dem Weg dorthin strahlte mich einer der Vorgänger des jetzigen Kultusministers an. Unter dem Plakat prankte der Schriftzug: »In Bildung eine Eins.«

Ich verglich die Originalität dieses Slogans mit dem vor Jahren gekürten Werbespruch für das Musterländle: »Wir können alles. Außer Hochdeutsch.« Abgesehen davon, dass die Pointe verhagelt war, da das Schwäbische zu den oberdeutschen, also *hochdeutschen* Mundarten zählt – im Gegensatz zu den niederdeutschen des Nordens –, fiel mir dieselbe etwas plumpe Werbestrategie in beiden Sprüchen auf. Spontan kam mir eine Karikatur im Staatsanzeiger in den Sinn, die den inzwischen nach Brüssel gelobten siebten Ministerpräsidenten des Landes zeigte mit dem Ausspruch: »Ich kann alles außer Hochdeutsch, Englisch und Französisch.« Seine Ansprachen auf Englisch hatten inzwischen bei Youtube Kultstatus erreicht.

Die Abgeordnetenbänke füllten sich mit Journalisten. Von der Regierungsbank lächelten etwas verloren Ministerialbeamte, schauten nervös auf die Uhr, bis ein Raunen durch ihre Reihen ging. Die Gesichtszüge strafften sich, zwei von ihnen erhoben sich, schauten zur Tür, die sich kurz darauf öffnete.

Er kam. Gewinnendes Lächeln, zielstrebig steuerte er den Platz am Mikro an, lehnte beflissene Hilfsangebote, ihm den Sessel zurechtzurücken, freundlich, aber bestimmt ab.

Es ging um die Unterrichtsversorgung, Senkung des Klassenteilers, Gemeinschaftsschule, Stärkung der Elternarbeit und der Entscheidungsbefugnis der Eltern und Schulleiter vor Ort. An der Bildung dürfe auch in Krisenzeiten nicht gespart werden. Notwendig sei der Ausbau sozialer Brennpunktschulen. Schulsozialarbeiter müssten die Arbeit der Pädagogen unterstützen. Außerdem sollten die Ganztagsschulen flächendeckend ausgebaut werden. Nur durch eine gezielte Förderung von Kindern aus sozial schwachen Familien könne das notwendige Potenzial künftiger Entwicklung ausgeschöpft werden. Lippenbekenntnisse? Imagepflege des ramponierten Bildes, das die Schulpolitik bisweilen in der Öffentlichkeit bot? Aber ging es hier vordringlich darum, das Zukunftspotenzial einer neuen Bildungspolitik auszumalen, nicht vielmehr um Möglichkeiten, Kindern auf ihrem Weg zur Entwicklung einer eigenständigen Persönlichkeit Hilfestellungen zu geben und dafür die notwendigen finanziellen Voraussetzungen zu schaffen?

Liebenswürdig und eloquent wusste er seine Antworten auf die kritischen Fragen der Journalisten zu formulieren. Wie stark war doch die Bildungspolitik von der Wahrnehmung in der Öffentlichkeit bestimmt! Das zeigten die bitteren Erfahrungen seiner Vorgänger im Amt. Aber kam es nicht in erster Linie auf die Inhalte an?

Auf der Rückfahrt sprach ich mit Nora darüber. Sie stimmte mir zu, meinte, dass dies im Ergebnis wohl richtig sei. Bildung müsse aber öffentlich diskutiert werden, trotz der Gefahr populistischer Reden. Da seien die Medien gefordert. Nicht von ungefähr würden sie als vierte Gewalt im Staat bezeichnet. »Er hat seine Sache doch recht gut gemacht. Was ist falsch daran, wenn die Schulen vor Ort mehr Entscheidungen treffen können? Mehr Geld für Bildung, kleinere Klassen – das ist der richtige Ansatz.«

Ich gab zu bedenken, dass die Bildungspolitik zurzeit in der Öffentlichkeit einen hohen Rang einnehme und ich den schönen Worten nicht so recht traute.

»Wir werden ihn beim Wort nehmen, verlass dich drauf.«

Beiläufig erkundigte sie sich, ob ich sehr an meinem neuen Wohn- und Wirkungsort hinge. Überrascht von ihrer Frage suchte ich nach einer passenden Antwort. Schoppendorf sei ja ganz angenehm, aber doch wohl Provinz, keine Sache auf Dauer. War das zu direkt? Ich schilderte meine Eindrücke von der idyllischen Umgebung, dem Neckartal, den Weinbergen, vom besonderen Flair der Stadt am Fluss. Ich hatte plötzlich das Bedürfnis, Nora Martini, die hier mehr als ihr halbes Leben verbracht hatte, etwas Nettes über Schoppendorf zu sagen.

Bald merkte ich, dass sie mir kaum noch zuhörte. Meine Artigkeit schien sie eher zu belustigen. Lachend unterbrach sie mich, das klänge ja wie aus dem Werbetext des Fremdenverkehrsvereins. Dann konzentrierte sie sich auf ein gewagtes Überholmanöver und fragte nach einer Weile, ob ich Interesse an einer Arbeit als Fernsehjournalist beim SWR hätte. Sie hätte dort einen guten Freund, der ein begabtes Nachwuchstalent suche, und schon mal bei ihm vorgefühlt. Samstag nächster Woche könne ich mich vorstellen. Mir verschlug's die Sprache.

»Und vergiss den Artikel über die Bäringer Schule nicht!«, rief sie mir nach, als sie mich wieder bei den Gartenzwergen absetzte.

SONNTAG, 2. JUNI

Am Vormittag rief Susanne an. Ich sei ihr noch ein Gespräch schuldig. Sie wolle mit mir über den Schulskandal reden. »Treffen wir uns zum Mittagessen im *Löwen* in Bäringen?«

Ich wollte ihr keinen weiteren Korb geben. Außerdem war ich gespannt darauf, ob sie von der jüngsten Zuspitzung in dieser Sache schon erfahren hatte. »Fahren wir zusammen? Soll ich dich abholen?«

Einen Augenblick Stille. Hatte Sie mein Angebot überrumpelt? Da erklang ihr gewohnt schnippisches Lachen. »Ich wohne in Vorderwestersulz, ganz in der Nähe der Sporthalle, bei den Kaninchen, du weißt schon. Du kennst ja den Weg dorthin. Da kann ich auf dich warten.«

Susanne stand tatsächlich schon am Straßenrand, hielt sich demonstrativ die Ohren zu, als ich mit meinem Käfer anrasselte.

»Das ist der Porschemotor, der alte Boxer«, erklärte ich ihr.

»Hast du ihn schon als Oldtimer angemeldet?«, fragte sie beim Einsteigen.

Bei Eberles künftigem Brezelparadies wurde gerade ein Parkplatz frei. »Glück gehabt!«, sagte sie, und ich beeilte mich, die ergatterte Parklücke anzusteuern.

»Der *Löwen* hat eine schöne Terrasse, wollen wir?«

Es fand sich noch ein Plätzchen mit schöner Aussicht auf die Bäringer Berge.

»Den Zwiebelrostbraten mit Spätzle machen sie hier besonders gut«, empfahl mir Susanne, und während wir auf unser Essen warteten, unterhielten wir uns über die schöne Gegend, das herrliche Wetter und diesen und jenen unserer Kollegen.

Kaum war serviert, kam Susanne zur Sache. »Ich habe mich nicht danach gedrängt, den Artikel über die Gemeinderatssitzung zu schreiben. Dörthe hatte mich angerufen und sich bitter beklagt über deinen Bericht. Dann hat sie vorgefühlt, ob nicht ich künftig über die Bäringer Schule schreiben wollte. Das habe ich natürlich von mir gewiesen. Du seist damit beauftragt, und da könne ich doch keinem Kollegen in den Rücken fallen.«

Ich hörte interessiert zu. Ich hatte mir fast schon gedacht, dass die Bäringer Kommandozentrale wieder mal am Werk gewesen war.

»Doch dann hat mich Malte zu sich gebeten, gegen deine angeblich mangelnde Loyalität gewettert und keine Einwände gelten lassen. Ich müsse jetzt die Sache übernehmen.«

»Und da hast du dich fügen müssen«, warf ich mit bedauerndem Ton und wissendem Lächeln ein.

Susanne spürte wohl die Ironie. Ihre Augenbrauen zogen sich zusammen, ihre Stimme klang schärfer. »Weißt du, man kann die Sache auch anders sehen als du. Ich wüsste nicht, was dagegenspricht, den Fall aus Sicht der Eltern darzustellen.«

»Welcher Eltern?«, stichelte ich. »Du meinst wohl vor allem Dörthe Eisenbrey?«

»Sie steht nicht allein. Sie spricht für viele besorgte Mütter und Väter.«

Es reizte mich jetzt, ihr die aktuelle Lage in Sachen Berichterstattung über den Bäringer Schulskandal so ganz gelassen kundzutun, denn offensichtlich hatte sie davon noch keine Ahnung. »Vorgestern hatte ich ein längeres Gespräch mit Nora«, begann ich sachte. Susanne horchte auf. »Sie hat mich über die neueste Entwicklung informiert. Der Landesdatenschutz ermittelt gegen die Aktion der Eltern und des Bürgermeisters. Du weißt schon, die Umfrage.«

»Wieso?«, fragte sie irritiert.

Ich erklärte ihr die Einzelheiten und fügte an, dass unter diesen Umständen die Geschäftsleitung die Entscheidung getroffen hätte, dass *ich* wieder berichten sollte.

»Sieh einer an!« Sie legte ihr Besteck weg, nahm die Serviette zum Mund und blickte mich trotzig an. »Da war Nora am Werk, gib's zu!«

»Vermutlich, ja!«

Ihr schien der Appetit vergangen zu sein. Sie stocherte lustlos in ihren Spätzle, während ich mich bemühte, die Konversation aufrechtzuerhalten, und mit scherzhaften Kommentaren über die Pressekonferenz im Kultusministerium berichtete. Susanne antwortete nur kurz mit gespieltem Interesse, sah schließlich auf die Uhr, sie wolle hier noch eine Freundin besuchen, bestand darauf, ihre Rechnung selbst zu bezahlen und verabschiedete sich.

Ich schlenderte durch die Bäringer Gassen, ließ mich treiben und grübelte, warum sie meine Neuigkeiten so getroffen hatten. Schließlich fand ich mich vor Sauters Laden wieder. Das Gitter zur Hofeinfahrt war verschlossen, ließ aber freien Blick auf die Gartenzwerge zu.

Das war doch Engels VW-Bus mit offener Heckklappe! Und da kamen Sauter und Engel aus der Baracke. Jeder trug einen Karton, der auf der ausgeklappten Schlaffläche des Busses landete. Dort lagen schon Plakatständer und ein Sonnenschirm. Bevor ich etwas Genaueres erkennen konnte, schloss Engel die Heckklappe. Beide gingen in angeregtem Gespräch in die Baracke zurück. Da sah ich sie kommen.

»Hallo, Herr Niklas!« Lena stieg von ihrem Rad, schob es neben mich und blickte, die Hände am Lenker, zu den Polit-Zwergen. »Welcher gefällt Ihnen am besten?«, fragte sie.

Ich erzählte ihr von meinem Faible für Frau Merkel.

»Mit gefällt der Thierse am besten, auch ohne Füllung.«

Ich horchte auf. Sie wusste also Bescheid und wollte mir das auch signalisieren. Ich tat so, als hätte ich ihre Andeutung überhört, erkundigte mich nach Tobias.

»Wir chatten jeden Tag miteinander, und ab und zu ruft er auch an, obwohl das Telefonieren aus England ziemlich teuer ist. Morgen kommt er zurück.« Nach einer kurzen Pause ein zweiter Anlauf: »Unglaublich, was da passiert ist. Finden Sie nicht?«

Wollte sie mich aus der Reserve locken? Wollte sie testen, ob ich Bescheid wusste? Ich ging auf ihr Spielchen ein. »Wirklich rätselhaft, wie man sich unbemerkt an die Zwerge ranmachen konnte, obwohl alles überwacht wurde.«

Sie ließ nicht locker, »Tobias hat da eine Theorie.«

Ich blickte sie aufmunternd an, und sie legte auch gleich los. »Schauen Sie genau hin. Die Gartenzwerge stehen auf schmalen Brettern, die über niedrige Holzböcke gelegt sind. Wenn einer unbemerkt unter das Gestell kriecht – da hinten zum Beispiel, wo die Wiese zu Eberles Lagerschuppen beginnt, gleich bei dem Holunderwäldchen –, könnte er, ohne gesehen zu werden, zielgenau unter einen bestimmt Zwerg robben. Er müsste nur vorher die Bretter abgezählt und sich die Stelle seines Zwerges eingeprägt haben.«

»Und weiter?«, fragte ich gespannt.

»Dann braucht er bloß vorsichtig mit einem Stemmeisen oder mit einem kräftigen Schraubenzieher eine Spalte zwischen den Brettern aufdrücken, und wenn er Glück hat, müsste er den Zwerg, um ihn auszunehmen, nur ein bisschen bewegen. Das ginge in Sekunden und würde kaum auffallen.«

»Aber es ist doch alles mit der Videokamera aufgezeichnet worden«, wagte ich einzuwenden.

»Ob die Beamten auf solche Kleinigkeiten achten, wenn sie Stunden im Zeitraffer durchsehen? Die haben doch nur darauf gewartet, dass einer im Bild auftaucht und sich an Thierse ranmacht!«

MONTAG, 3. JUNI, VORMITTAGS

Endlich bekam ich den zuständigen Juristen im Regierungspräsidium ans Telefon, der mir nur widerstrebend Auskunft gab. Der Datenschutz ermittle zu Unrecht, meinte er verdrießlich. Laut Datenschutzgesetz könne bei Umfragen sehr wohl die Unterstützung sachkundiger Dritter hinzugezogen werden. Es fiel mir schwer, Bürgermeister Schäuffele als sachkundigen Dritten zu akzeptieren.

Schmidts Sekretärin hatte mir einen Termin um halb zwölf gegeben; wenn ich wollte, könne ich auch mit der Klassenlehrerin der Vierer, Frau Stein, sprechen. Ich stellte meinen Käfer wieder beim Bärenbrunnen auf dem Marktplatz ab, bummelte durch die verwinkelten Gassen, und da ich noch etwas Zeit hatte, schaute ich bei Sauter vorbei und traf ihn vor seinem Laden im Gespräch mit Engel.

»Wieder beim Schnüffeln? Hatten Sie denn noch nicht genug?«, fuhr mich Engel an.

Ich reagierte nicht auf seine Sticheleien, wandte mich an Sauter. »Wo stand denn der kostbare Zwerg?«

Sauter zeigte auf einen leeren Platz in seiner Zwergengalerie. Tatsächlich stießen hier genau zwei Bretter aneinander. »Die Polizei hat ihn aufs Revier mitgenommen. Den Thierse kann ich verschmerzen, den alten

Schwabenfresser, ist sowieso ein Auslaufmodell, aber dass die jetzt mich verdächtigen, das trifft mich tief.«

»Seid furchtbar und wehret euch«, grummelte Engel. »Aber ihr von der Presse taugt auch nichts. Sonst würdet ihr über diesen Skandal schreiben.«

»Wir dürfen nicht«, antwortete ich, »die Polizei besteht darauf, dass die Ermittlungen nicht gefährdet werden.«

»Sei schlau, bleib dumm!«, Engel breitete die Arme aus. »Was haben wir für Zeitungsfritzen in diesem unseren Lande.«

Sauter schimpfte: »Die Bullen könnten ja mal unter Eberles Angestellten ermitteln, da gibt es manche, die ihm was heimzuzahlen haben, seinen Hausmeister zum Beispiel, den hat er vor drei Wochen fristlos gekündigt, kam damit aber bei seinem Personalrat nicht durch. Stattdessen suchen sie nach einem meiner Kunden, der ihnen für Sekunden die Sicht auf den Zwerg verstellte. Das ist doch total meschugge!«

»Wer könnte ein Interesse daran haben, den Verdacht auf Sie zu lenken?«, fragte ich Engel.

»Na, wer schon, der Täter natürlich. Das war für ihn doch ein Glücksfall, während ich friedlich schlafe, mir das Rattengift unterzujubeln.«

»Es ergibt aber nur einen Sinn, wenn der Täter Sie kennt, Ihre Freundschaft mit Herrn Sauter, dessen gespanntes Verhältnis zu Eberle.«

»Da käme eigentlich nur Eberle selbst oder jemand aus seinem direkten Umfeld infrage«, überlegte Sauter.

»Wenn Ihnen dazu etwas einfällt, rufen Sie mich an?«, bat ich ihn und kritzelte meine Handynummer auf einen Zettel.

Dann stieg ich über die steilen Treppenwege zur Bäringer Grundschule hinauf. Der Hausmeister! Ein Motiv hätte er für seine Tat und über Engel hatte er erstaunlich gut Bescheid gewusst.

Die Sekretärin führte mich zum Klassenzimmer von Schmidt, pochte sanft an die Tür und bedeutete mir, mich einen Augenblick zu gedulden, bevor sie entschwebte. Schmidt erschien im Türrahmen und begrüßte mich.

»Willkommen an Bord. Entschuldigen Sie, ich musste kurzfristig eine Vertretung übernehmen. In einer Viertelstunde hätte ich dann Zeit für Sie. Ich hatte versucht, Sie noch in der Redaktion zu erreichen, aber Sie waren schon weg. Aber wenn Sie wollen, kommen Sie doch rein und schnuppern Sie die Bäringer Schulatmosphäre.«

28 Zweitklässler saßen jeweils zu fünft oder zu sechst an Gruppentischen und starrten mich neugierig an. Schmidt bat mich nach vorn, stellte mich als Herrn von der Zeitung vor, der sich mal die Schule etwas genauer ansehen wollte, und bot mir seinen Platz am Lehrerpult an, den ich zögernd einnahm.

Er selbst schlenderte durch das Klassenzimmer von Gruppentisch zu Gruppentisch und beriet die Kinder, die gerade dabei waren, Experimente durchzuführen.

Auf jedem Tisch stand eine Glaswanne, gefüllt mit Wasser. Die Zweitklässler prüften, welche Materialien schwammen und welche sanken. Sie notierten anschließend die Eigenschaften auf einem Arbeitsbogen.

Schmidt lud mich ein, ebenfalls zu den einzelnen Gruppen zu gehen. Ich war fasziniert vom Eifer der Kleinen, die ruhig und gewissenhaft forschten, bis Schmidt fünf Minuten vor Unterrichtsende in die Hände klatschte und Anweisungen gab, die verschiedenen Gegenstände wieder zurück in die Kästen zu sortieren, die Glaswannen vorsichtig auszugießen und alles nach vorn zum Lehrerpult zu bringen.

Ruhig und diszipliniert setzten sich die Kinder anschließend an ihre Plätze, Schmidt lobte sie für ihre Arbeit und kündigte an, dass die Klassenlehrerin morgen wieder da sei.

Nach dem Läuten begleitete ich Schmidt in sein Büro. Die Klassenlehrerin der Vierer war schon da, stand sofort auf, eine schmale Frau um die 40 mit Hornbrille und Kurzhaarfrisur. Schmidt stellte uns einander vor und nickte ihr ermutigend zu, ihre zögernd zur Begrüßung gereichte Hand fühlte sich kalt und nass an.

Schmidt eröffnete das Gespräch, schilderte die Lage, betonte die gute Zusammenarbeit im Kollegium, die enge Kooperation mit der schulpsychologischen Beratungsstelle, kam endlich auf die schwierige Klassensituation zu sprechen. Sie blickte nervös einmal zu mir, einmal zu Schmidt, nickte zu seinen Ausführungen und meinte schließlich: »Es tut mir ja so leid, dass so ein Wirbel entstanden ist. Aber so schlimm, wie es in der Zeitung steht, ist es wirklich nicht gewesen.« Ja, ein Junge hätte sich handgreiflich gegen sie gewehrt, als sie ihn zur Tür schleifte, nachdem er sich geweigert hatte, das Klassenzimmer in der Großen Pause zu verlassen. Aber das sei mit den Eltern inzwischen geklärt, der Junge habe sich bei ihr entschuldigt.

Wie ihre Äußerung auf dem Elternabend, sie wüsste nicht mehr weiter, zu verstehen sei?

»Das ist mir so herausgerutscht, als einige Eltern mich fertiggemacht hatten. Aber ich hab das nicht auf die ganze Klasse bezogen, sondern nur auf die Kinder, die besonders schwierig sind. Mit den meisten anderen macht die Arbeit Freude.«

»In jeder Klasse gibt es ein paar, die einem das Leben schwer machen«, sagte Schmidt. »Wir stellen uns tagtäglich dieser Herausforderung. Frau Stein ist eine erfahrene Lehrkraft, die schon viele schwierige Situationen souverän gemeistert hat.«

Sie blickte ihn dankbar an, schaute nervös auf die Uhr. »Wenn Sie keine weiteren Fragen haben, würde ich mich entschuldigen, ich hätte jetzt Aufsicht bei der Bushaltestelle.«

Ich bedankte mich bei ihr, Schmidt begleitete sie zur Tür und sagte, als er wieder Platz genommen hatte: »Sie gibt sich so große Mühe, aber jeder Lehrer kommt einmal in die Situation, dass es mit einer Klasse nicht so recht klappen will. Wenn die Eltern dann kein Verständnis zeigen, sieht es ganz übel aus. Aber wer aufgibt, gilt als gescheitert, in den Augen der Eltern und nicht zuletzt auch vor sich selbst. Es muss uns gelingen, wieder eine vertrauensvolle Unterrichtsatmosphäre herzustellen – *mit* Frau Stein als Klassenlehrerin.«

Nach dem Gespräch mit Schmidt ging ich beim Rathaus vorbei. Bürgermeister Schäuffele sei leider nicht zu sprechen. Am Nachmittag hatte ich ihn endlich am Telefon. Auf meine Fragen antwortete er nicht, brüllte aber in den Apparat: »Jetzt soll die Gemeinde an allem schuld sein! Das löst auch keine Probleme!« Geräuschvoll legte er den Hörer auf.

Ich begann mit meinem Artikel, formulierte den Titel: »Angeblicher Schulskandal in Bäringen entpuppt sich als Sturm im Wasserglas.« Nachdenklich betrachtete ich die Titelzeile. Das saß – aber konnte ich das wirklich schreiben? Sollte ich tatsächlich meine Stelle aufs Spiel setzen in der vagen Hoffnung, ich käme beim SWR an? Mir kam der Verdacht, dass Nora einen Coup landen und meinen Artikel im Alleingang in die Zeitung bringen wollte, warum auch immer. Ich beschloss, Bäringen erst mal zurückzustellen, und begann mit der Vorbereitung für meinen Auftrag im Uhlandgymnasium: Homepage der Schule auswerten, Anrufe, Terminabsprache.

MONTAG, 3. JUNI, ABENDS

Nora rief an, ich sollte den Artikel bis Mittwochabend fertig haben. Sie hätte sich dafür verbürgt, dass alles noch rechtzeitig komme, sie werde selbst den Text bei mir abholen und auf dem Weg in die Redaktion gründlich durchlesen. Wie sie das anstellen wollte? Wollte sie Bismarck fahren lassen?

Ich fühlte mich von ihr überrumpelt, konnte nicht verstehen, warum sie sich ausgerechnet in dieser Sache so engagierte. Nahm sie sich selbst so wichtig? Wollte sie mich bemuttern, bevormunden, kontrollieren? Ich antwortete ausweichend, dachte auch an das Vorstellungsgespräch beim Fernsehen, das sie vermittelt hatte und dessen Ausgang ich nicht negativ beeinflussen wollte, berichtete von meinen Recherchen in Bäringen.

»Jetzt zeig mal, was du wirklich drauf hast!«, schmetterte sie zur Antwort ins Telefon und legte auf.

Um den Kopf freizubekommen, floh ich von meinem Schreibtisch. Die Abendkühle tat mir gut. Es hatte leise zu nieseln begonnen. Die würzige Luft schmeckte nach frisch aufgegrabener Erde. Ich ließ mich treiben und stand unversehens vor dem *Kapuzinerkeller*, erinnerte mich an den fantastischen Trollinger und zögerte keinen Augenblick.

In einer Nische zwischen Weinbutten, geschnitzten

Fassböden und Karsthacken saß ein einsamer Zecher. War das nicht Fröhlich, der ruinierte Bäcker aus Băringen?

Auf meine Frage, ob der Platz ihm gegenüber frei sei, antwortete er mit einem kurzen Brummen, das keine Ablehnung, aber auch nicht zustimmende Freude signalisierte. Ich nahm die Gelegenheit wahr, fragte ihn, woher er Rita Delbosco kenne, er blickte auf, schwieg, räusperte sich und begann, als ich schon gar nicht mehr mit einer Antwort rechnete.

»Die kenne ich schon, als sie ein kleines Mädchen war, hab schon ihre Eltern gekannt. War eine talentierte Judokämpferin. Als sie bei der Zeitung anfing, hat sie den Sport aufgegeben. Schade drum.«

Er nahm einen Schluck Bier, die Kellnerin fragte nach meiner Bestellung, aber Fröhlich redete weiter. »Sie müssen einen merkwürdigen Eindruck von mir bekommen haben, als ich vor ein paar Tagen so ruppig mit Rita redete, war nicht mehr ganz nüchtern.«

»Rita hat mir von Ihrem Schicksal erzählt«, warf ich ein.

»Schicksal? Reingefallen bin ich auf die Tricksereien der ganzen Bande um den noblen Herrn Eberle. Und was mich am meisten fuchst, ich bin selbst schuld an meiner Lage.«

»Wie das?«, fragte ich, seinen plötzlichen Redefluss ermunternd.

Fröhlich lief rot an, beherrschte sich mühsam, machte eine unwillige Handbewegung, zögerte, bis ihn seine Wut drängte, sich Luft zu machen, rasselte eine Kanonade von Schimpfwörtern herunter, die mit »elende Aasgeier, Lumpenpack« endete. Wieder ruhiger geworden, überlegte er kurz, bevor er ausholte.

»Um mit der Konkurrenz mithalten zu können, muss man sein Geschäft auf dem Laufenden halten, modernisieren, umstrukturieren, ausbauen. Das kostet Geld. Man muss in Vorleistung gehen, darauf bauen, dass der erhöhte Umsatz das Kapital wieder reinbringt. Verstehen Sie?«

Ich nickte ihm aufmunternd zu, während die Kellnerin mir meinen Trollinger servierte.

»Dafür braucht man einen Kredit, den man als kleiner Handwerker nicht so leicht bekommt, gerade wenn die Konkurrenz dabei ist, einen zu erdrücken. Die Banken zögern, halten einen hin, man läuft sich die Sohlen wund und ist bereit, jeden Strohhalm zu ergreifen. – Ich hätte es gleich am Anfang sehen müssen, dass die Sache faul war.«

Er stierte vor sich hin, schwieg, schien sich seine nächsten Worte zurechtzulegen, und mir war klar, dass ich ihn dabei nicht unterbrechen durfte, wenn ich mehr erfahren wollte.

»Also kurz gesagt, der Eberle kommt eines Tages in meinen Laden und macht mir ein Angebot. Er muss von meinen Problemen gehört haben, wahrscheinlich von einem dieser Bankfritzen. Er könne mir einen günstigen Kredit vermitteln, wenn ich ihm einen Gefallen täte. Ich hätte ihn damals schon gleich rauswerfen sollen!

Aber sein Vorschlag klang verlockend. Ich sollte auf die Brezelherstellung verzichten, seine Brezeln und sein Laugengebäck in Kommission verkaufen, alles Übrige könnte ich so weiterproduzieren wie bisher. Bis mein Laden wieder richtig laufe, könne ich ihm die nicht verkauften Brezeln und Laugenstücke kostenlos zurückgeben, anschließend sollte ich mich zu einer bestimmten Abnahme verpflichten. Er bürge für meinen Kredit, den ich schon morgen haben könne.«

»Das klingt doch ganz vernünftig«, warf ich ein.

»Das dachte ich mir auch, dass Eberle aber gleich nach der Übergangszeit meine Hauptkunden, die Bäringer Gastronomie, mit günstigen Lieferverträgen abwarb und an der Schule jede Menge kostenlosen Brezelbruch ablieferte, stand nicht im Vertrag.«

»Und so sind Sie auf Eberles Brezeln sitzen geblieben?«

»Schlimmer noch! Ich hätte sie ja nicht mal mehr verschenken können, das hätte den Absatz meiner eigenen Ware behindert. Niemand war zu finden, der sie mir abnehmen wollte. Das ganze Sulztal ist mit Eberlebrezeln eingedeckt. Anfangs glaubte ich, den Verlust verschmerzen zu können, aber auf Dauer hat mich das täglich wachsende Defizit um die Existenz gebracht. Ich kam mit den Kreditzinsen nicht nach, die Bank schaltete auf stur, Eberle als Bürge wartete nur darauf, bis ich am Ende war und er die Ansprüche der Bank großzügig erfüllen durfte, um als Gegenleistung meine Bäckerei zu übernehmen.«

Eberle als Brezelhai! Bei aller Tragik seines Falles hatte diese Vorstellung auch etwas Komisches. Mein schlechtes Gewissen verbot mir bei diesen Gedanken auch nur an Lachen zu denken. »Und was wollen Sie jetzt unternehmen?«, erkundigte ich mich teilnahmsvoll.

Er schaute mich entgeistert an. »Ich und unternehmen? Mein lieber Mann, ich muss ihm noch dafür dankbar sein, dass er meinen Kredit abgelöst und mich nach der Pleite nicht vollkommen fertiggemacht hat.«

»Hat er Sie finanziell abgefunden?«

»Nach Abzug meiner Schulden bleibt mir ein kleiner Rest, zu wenig zum Leben, zu viel zum Sterben – und das großzügige Versprechen, wenn mal bei ihm eine Stelle als Bäcker frei werde, könnte ich mich bewerben.«

Fröhlich winkte der Kellnerin, bezahlte, stand auf und verließ grußlos den *Kapuzinerkeller*.

Der Trollinger wollte mir nicht mehr so recht schmecken. Ich sehnte mich wieder nach der kühlen Abendluft.

Kaum stand ich auf der Straße, hörte ich lautes Hupen, Reifenquietschen, Schreie. Sekunden später sah ich, was geschehen war. Ein weißer Porsche Cayenne war schräg zum Bordstein zum Stehen gekommen. Vor dem Auto in einer Blutlache Fröhlich. In wenigen Augenblicken hatte sich um die Unglücksstelle eine Menschentraube gebildet. Erregte Stimmen riefen durcheinander.

»Er ist ihm regelrecht ins Auto gehechtet.«

»Der konnte gar nicht rechtzeitig bremsen.«

»Der muss lebensmüde gewesen sein.«

»Oder stockbesoffen.«

Der Cayenne-Fahrer, mittleren Alters, untersetzt, trotz seines fleischigen Gesichts leichenblass, wankte aus seinem Wagen, stand sichtlich unter Schock. Ein Passant begann, Erste Hilfe zu leisten. Ich lief zu ihm hin. Fröhlich musste so schnell wie möglich in eine stabile Seitenlage gebracht werden. Ein Passant informierte per Handy Notarzt und Polizei.

»Das auch noch!«, stöhnte der Fahrer des Unglückswagens.

»Der weiße Cayenne von Eberle!«, schnappte ich aus dem Stimmengewirr auf. Ich schaute kurz zu dem Porschefahrer. Das also war Eberle. Ein Häufchen Elend. Nicht mal in der Lage, dem Verletzten zu helfen, den er doch gut kannte.

Fröhlich war nicht bei Bewusstsein, aber er atmete noch. Eine Schnittwunde am Kopf blutete stark.

»Ihren Erste-Hilfe-Kasten!«, brüllte ich Eberle an, der mich verständnislos anstarrte. Eine Frau öffnete entschlossen die Beifahrertür, begann zu suchen, stand schließlich mit dem Kasten da, den ich ihr aus der Hand riss, mit fahrigen Fingern öffnete und eine Mullkompresse entnahm.

Blaulicht, Martinshorn.

Endlich! Der Notarzt beugte sich zu Fröhlich hinunter, nickte zufrieden. Mit wenigen geübten Handgriffen legten seine Helfer Fröhlich auf die Trage und schoben ihn in den Krankenwagen. Ohne Blaulicht und Sirene fuhren sie ab. Ein gutes Zeichen! Mit einem Mal fiel die unerträgliche Spannung von mir ab und machte einer unwirklichen, fast heiteren Erleichterung Platz. Mein Herz klopfte immer noch stark, aber es hämmerte mir Hoffnung ein. Sie würden ihn retten können.

Ein Polizeiwagen hielt neben dem Porsche, ein Beamter stieg aus, sprach auf Eberle ein, ein weiterer begann damit, Zeugen ausfindig zu machen. Ich trat hinter die Schaulustigen zurück, begann meine Gedanken zu sortieren. Allmählich fügten sich die Eindrücke zu einem Bild. War es ein Unfall? Hat sich Fröhlich in einem Akt der Verzweiflung vor das Auto geworfen? Hatte er zuvor Eberles Cayenne erkannt? Ein Selbstmordversuch als gleichzeitiger Racheakt? Der Journalist ging mit mir durch. Ich zog mein Handy, schaltete auf Kamera und fotografierte, ohne auf missbilligende Blicke zu achten. Dann lief ich ein paar Schritte und drückte mit zitterndem Finger die Nummer von Rita in meinem Kurzspeicher.

»Es ist etwas Unglaubliches geschehen«, stieß ich hervor, als sie endlich dran war. »Fröhlich hat sich vor Eberles Wagen geworfen.«

»Was ist mit Fröhlich? Ist er tot?«

»Er wird durchkommen.«

»Wir treffen uns in der Redaktion! Wann kannst du da sein?«

Rita erwartete mich am Hintereingang, schaute nervös auf die Uhr. »Ich hab mit den Leuten vom Druck gesprochen, sie halten bis zehn eine Spalte frei, wir haben noch 20 Minuten.«

Auf dem Weg zu ihrem Büro berichtete ich ihr von meinem Gespräch mit Fröhlich und vom Unfallhergang. Während sie ihren PC hochfahren ließ, schauten wir uns die Bilder auf meinem Handy an.

»Eberles Wagen, kein Zweifel. Und du bist sicher, dass Fröhlich ihm ins Auto gelaufen ist?«

»Als ich dazukam, lag er bereits da, aber alle redeten davon, dass der Porschefahrer keine Chance hatte, rechtzeitig zu bremsen.«

»Und wenn es ganz anders war, wenn Eberle die Nerven verloren hat, als er plötzlich den Erpresser vor sich sah?«

Rita setzte sich kommentarlos an ihren PC, hämmerte pausenlos in die Tasten, es dauerte keine drei Minuten, dann stand ihr Bericht. Ich sah ihn durch, nickte. Sie schrieb nur vom Unfallhergang, nannte keine Namen, auch keinerlei Hinweise auf den Erpressungsfall oder das gespannte Verhältnis zwischen dem Fahrer des Unglückswagens und dem Unfallopfer. Zusammen mit dem ausgewählten Bild mailten wir den Artikel zur Druckerei.

»Jetzt brauche ich ein Bier.« Rita schleppte mich

durch die gespenstisch leeren Gänge, die nur durch die Notbeleuchtung erhellt waren, in die Kantine, machte Licht und ließ aus dem Automaten zwei Flaschen Pils herauspoltern.

»Was für eine Tragik! Fröhlich muss vollkommen fertig gewesen sein.«

»Unser Gespräch zuvor, unten im *Kapuzinerkeller*, verlief eigentlich ganz ruhig. Seine Verbitterung und Wut hielten sich in Grenzen.«

»Er hat sie runtergeschluckt, für den Moment verdrängt. Wenn es doch ein inszenierter Selbstmordversuch war? Auf der Straße sieht er Eberles Schlitten und seine Sicherungen brennen durch. Impulsiv und unkontrolliert ist er auch als Trainer gewesen.«

»Als Verdächtiger im Erpressungsfall scheidet er wohl aus?«

Rita blickte überrascht auf. »Wieso? Ich hatte von Anfang an immer wieder an Fröhlich gedacht. Ein Motiv hätte er gehabt.«

»Er kennt sich bestens in Bäringen aus.«

»Kann sich den Skandal vorstellen, wenn in einer Großbäckerei Rattengift auftaucht.«

»Einmal angenommen, er wäre der Erpresser, dann müsste er eigentlich jetzt triumphieren. Sein Plan ist aufgegangen, niemand weiß, wie er das gemacht hat …

»Aber sein Problem ist dadurch nicht gelöst. Und diese Erkenntnis hat ihm vielleicht den Rest gegeben.«

»Ich weiß nicht«, wollte ich unsere Spekulation beenden. »Hätte er sich ohne Erpressung nicht wirksamer rächen können, wenn er dafür gesorgt hätte, dass in Eberles Betrieb Rattengift gefunden wird?«

»Hat er es nicht genau darauf angelegt? Man fand doch das Giftpäckchen in seiner Backstube. Womit er nicht rechnen konnte, war die absolute Geheimhaltung, die Böckle angeordnet hat. Die Erpressung – mit der lächerlich geringen Summe – könnte nur ein Manöver gewesen sein, das Interesse der Öffentlichkeit auf Eberles Betrieb zu lenken.«

»Und deshalb hat er seine Erpresserbriefe nicht an Eberle, sondern an uns geschickt?«

»Du siehst, das passt alles zusammen!«

Ritas Gedankengang konnte mich trotzdem nicht überzeugen. »Wer so kaltblütig vorgeht, seine Tat so strategisch geschickt plant, wirft sich nicht nach seinem Erfolg vor das Auto seines Widersachers, das ist doch absurd! Er hätte doch nach wie vor jede Gelegenheit gehabt, Eberle noch mehr in die Mangel zu nehmen. Man braucht nicht viel Fantasie dazu, sich vorzustellen, was passiert, wenn nach einer anonymen Anzeige bei den Gesundheitsbehörden eine Betriebsprüfung angeordnet wird, bei der man das Zeug irgendwo findet. Dafür zu sorgen, wäre für Fröhlich eine Kleinigkeit.«

Rita schwieg, brachte die inzwischen leer gewordenen Bierflaschen zurück und sagte, als wir die Kantine verließen: »Was du sagst, klingt plausibel, ob es zutrifft, weiß ich nicht. Manches erscheint auf den ersten Blick unlogisch, wenn man außer Acht lässt, dass die meisten

Vorgänge von vielen kleinen Zufällen gesteuert sind. Vielleicht hat Fröhlich als kaltblütiger Rächer begonnen, aber seine Rolle nicht durchhalten können?«

DIENSTAG, 4. JUNI, ABENDS

Eine Mail ohne Absender und Betreff? Werbemüll? Irgendwas hielt mich davon ab, die Spammail ungelesen zu löschen. Neugier?

»Wir Gartenzwerge mögen keine Schnüffler. Seht euch vor, wir können ganz schön unangenehm werden! Thierse«

Was war denn das? Das klang wie eine Drohung! Meine Gedanken überschlugen sich. Der Erpresser wandte sich an mich, versuchte mich einzuschüchtern. Wieso gerade mich? Ich spielte bei dieser Geschichte doch nur eine Nebenrolle!

Mein Handy düdelte. Rita meldete sich. »Stell dir vor, der Erpresser hat mir gerade eine Mail geschickt!«

»Dir auch?« Ich musste lachen. »Offenbar glaubt er, dass wir zwei ganz nahe an der Lösung des Falls sind.«

»Vielleicht sind wir das ja auch. Wir sollten uns treffen, noch heute Abend. Ich bin noch in der Redaktion. Kannst du vorbeikommen? Und schick mir mal deine Mail rüber, vielleicht können wir beim Vergleichen mit meiner was rauskriegen.«

Als ich meinen Käfer startete, sah ich die Postkarte im Scheibenwischer stecken, stieg noch mal aus. Auf der Bildseite ein fröhlich grinsender Gartenzwerg, auf der Rückseite in großen Druckbuchstaben: »Grüß mir die Rita!«

Er spielte mit uns. Vorsichtig steckte ich die Karte in meine Schreibmappe und fuhr los. Auf dem Weg zu Ritas Büro kam mir die ganze Geschichte immer absurder vor. Kein Zweifel, den Täter störten unsere Ermittlungen. Er hatte wohl keine Ahnung, dass wir genauso im Dunkeln tappten wie die Polizei. Ich klopfte, hörte keine Antwort, drückte die Klinke. Ritas Oberkörper lag regungslos über ihrem Schreibtisch. Entsetzt blieb ich in der Tür stehen, die ich gerade aufgerissen hatte, und starrte auf ihren Rücken. »Rita?«

Schweres Ächzen.

»Steh nicht so blöd rum, ich krieg den Stick nicht rein, komm mal rüber und hilf mir.« Mit rotem Kopf tauchte sie über ihrem geschlossenen Laptop auf und schaute mich verständnislos an. »Was guckst du denn so komisch?«

Ich lachte erleichtert und machte mich auf zur Rückseite des Schreibtisches, nahm den Stick und stellte die Verbindung her.

»Ich dachte schon … Lassen wir das.«

Rita schüttelte den Kopf, klappte den Laptop auf und ließ den Rechner hochfahren. »Ich hab den Absender nicht rausgekriegt, egal, was ich versucht hab.«

»Für die Polizei dürfte das aber kein Problem sein. Hast du Kommissar Böckle schon angerufen?«

»Nun mal langsam mit den jungen Pferden, das können wir morgen immer noch. Genau derselbe Text, aber zwei verschiedene Mails, schau mal her!«

Sie hatte beide Mails auf einem Blatt ausgedruckt. Auf den ersten Blick konnte ich keinen Unterschied feststellen.

Rita stieß ihren Finger auf Thierse. »Bei der zweiten Mail hat er zwischen Text und Unterschrift nur eine Leerzeile gelassen.«

»Woher kennt der unsere Mailadressen?«

Rita schaute mich verächtlich an. »Das ist wohl keine große Kunst – alle Dienstadressen hier laufen nach einem Schema. Wir sollten systematisch vorgehen. Wer glaubt, zu wissen, was wir wissen? Die Sache wurde doch vertraulich behandelt.«

»Ach ja?«, konterte ich ironisch. »Wen hast du denn außer mir noch alles eingeweiht? Sogar Nora Martini weiß Bescheid!«

Rita winkte unwillig ab, nahm einen großen Bogen Papier, schob ihren Laptop beiseite und platzierte das Blatt auf ihrem Schreibtisch. Sie hatte Kreise mit Namen darauf gezeichnet und mit Strichen verbunden. Ein Organigramm oder ein Soziogramm? Es sah jedenfalls sehr professionell aus. Sie deutete auf einen Kreis am rechten Rand. »Fröhlich können wir wohl streichen.«

»Es sei denn, er hat einen Komplizen oder er hat die Mail über sein Handy aus dem Krankenhaus geschrieben.«

Rita ging nicht darauf ein. Ich überblickte die anderen Namen. »Nora fehlt.«

»Machst du dich über mich lustig?«

Ich spielte den Unschuldigen. »Sie ist eine Fanatikerin in Sachen Gerechtigkeit, kann Eberle nicht leiden, hat ein Faible für Sauters Gartenzwerge und einen hintergründigen Humor. – Spaß beiseite. Meinst du wirklich, wir kommen so weiter? Ich soll dich übrigens vom Erpresser persönlich grüßen.« Wortlos schob ich ihr die Gartenzwergkarte aus meiner Schreibmappe hin.

»Bist du wahnsinnig? Die Fingerabdrücke!« Rita nahm ein Papiertaschentuch und betrachtete die Karte eingehend. Ich erklärte ihr kurz, wo und wie ich sie gefunden hatte.

»Jetzt wird er unvorsichtig. Der Kreis engt sich ein. Wir suchen eine Person, die dein Auto und deine Wohnung kennt, die sich im Umfeld von Sauter – Eberle – Engel – und meinetwegen auch der Redaktion des *Echos* befindet und die sich ziemlich gut mit dem PC auskennt.«

»Vergiss nicht, wem alles Sauter oder Engel davon erzählt haben könnten. Der Kreis lässt sich so nicht einengen. Wir sollten uns lieber fragen, wer das Kunststück vollbracht haben könnte, sich unbemerkt das Geld zu holen.«

»Wobei wir wieder am Anfang wären. Es ist zum Verrücktwerden. Der spielt mit uns, macht sich über uns lustig ...«

»... und bedroht uns, das sollten wir nicht so einfach beiseiteschieben, denk an Fröhlich!«

»Was hat denn der jetzt damit zu tun?«

»Wie er unter das Auto von Eberle gekommen ist, ist noch nicht gelöst.«

»Dann also doch Eberle selbst!«

»Und wie soll er das mit dem ausgetauschten Geldsäckchen hingekriegt haben?«

MITTWOCH, 6. JUNI

Das Uhlandgymnasium lag inmitten eines Parks, etwas außerhalb der Stadt. Mehrere Glas-Betonkästen standen in lockerer Verbindung zu den Schulhöfen, einer Schulbushaltestelle mit ausgewiesenen Haltebuchten und Parkplätzen für Lehrer, Besucher und Oberstufenschüler, die bereits mit eigenem Wagen in die Schule fuhren.

Denkmäler verabschiedeter Abiturientenjahrgänge säumten den Aufgang, der mit Knochensteinen gepflastert zum Haupteingang führte, wo mir eine große Orientierungstafel verkündete, dass Sekretariat und Rektorat im dritten Obergeschoss zu finden seien.

Oberstudiendirektorin Hanna Rasch erwartete mich bereits im Sekretariat und führte mich in ihr angrenzendes Büro, einen hellen, freundlichen Raum, modern eingerichtet, an den Wänden großformatige Fotografien der Partnerschulen in Frankreich, England, Italien und Polen sowie eine Ahnengalerie der pensionierten Schulleiter, die weit ins letzte Jahrhundert zurückreichte.

Sie mochte Mitte 50 sein, sportlich, vital, sprühend vor Energie und Jovialität, immer in Bewegung, die kurz geschnittenen Haare leicht angegraut, lebendige Augen, die überall zugleich zu sein schienen.

Nach kurzem, etwas einseitigem Smalltalk – »Waren Sie schon einmal hier? Nein? Sie sind noch nicht lange beim *Echo*? Haben Sie uns gleich gefunden? Schön, dass Sie über unsere Preisverleihung berichten. Wir haben noch etwas Zeit. Darf ich Ihnen einen Kaffee anbieten?« – fragte sie mich, ohne eine Antwort abzuwarten, nach Bäringen. Ich hätte doch darüber berichtet?

Ich hatte an dem langen Besprechungstisch Platz genommen und sagte, als sie eine kurze Atempause einlegte: »Vielen Dank, einen Kaffee würde ich gerne annehmen.«

Sie rief durch die noch offene Tür ins Sekretariat hinüber nach Kaffee, schloss dann die Tür energisch und eilte wieder zu mir.

Ich nutzte die Zeit, bis sie ebenfalls Platz genommen hatte, für eine klarstellende Antwort. »Der erste Artikel war von mir, den zweiten hat eine Kollegin geschrieben.«

Sie schaute überrascht auf, als verstünde sie nicht ganz, weshalb ich auf diese Unterscheidung Wert legte. »Also, wenn Sie mich fragen, Bäringen ist überall. An allen Schulen gibt es aggressive Kinder und überkritische Eltern. Was Rektor Schmidt gerade passiert, kann jedem Schulleiter passieren. Worüber ich mich aber doch ein bisschen wundere, warum bauscht das *Echo* die Sache denn so auf?«

Ich ging auf ihre Frage nicht ein. Was hätte ich ihr denn antworten sollen? Sie hatte ja recht! Stattdessen erkundigte ich mich, ob es den Tatsachen entspräche, dass die Kinder aus der Bäringer Grundschule schlechtere Leistungen aufwiesen als Kinder aus anderen Grundschulen.

Da müsse sie sich erst erkundigen. Die Kinder würden am Uhlandgymnasium schon in Klasse Fünf und Sechs gezielt und individuell gefördert. Dafür sorgten neben den erfahrenen Kolleginnen und Kollegen eine eigene Beratungslehrerin, psychologisch ausgebildet, außerdem eine Schulsozialarbeiterin. »Wir haben einen guten Ruf, und den gilt es zu verteidigen. Immer wieder kommen Schüler aus benachbarten Gymnasien, um sich am Uhlandgymnasium anzumelden. Das dürfen Sie in Ihrer Zeitung ruhig schreiben.« Übrigens hätten auch Malte und Dörthe Eisenbrey im Uhlandgymnasium vor Jahren – lang vor ihrer Zeit – ihr Abitur gemacht. Besonders erfolgreich sei das Gymnasium bei Schülerwettbewerben. »Ja, man muss etwas für das Image der Schule tun, die Eltern vergleichen heutzutage genau, wie die Schüler an den einzelnen Schulen gefördert werden. Wir bemühen uns um ein gutes Lernklima, eine menschliche Atmosphäre. Das ist unser Job!«

Ich fühlte mich von der Wortgewalt der Direktorin fast erschlagen. Sollte ich sie auf die Drogengeschichte ansprechen, von der mir Andy Schwab berichtet hatte? Aber das hatte nun leider gar nichts mit meinem Auftrag zu tun, außerdem hatte mir das Andy im Vertrauen auf mein Stillschweigen berichtet, und so sprach ich sie konkret auf den Aufsatzwettbewerb an. Bereitwillig und ausführlich gab sie mir Auskunft. Kurz zusammengefasst ging es darum: Die Kinder durften ihre Eindrücke zu Uhlandgedichten niederschreiben.

Spontan fiel mir Uhlands schönes Gedicht vom Apfelbaum ein, das ich einst hatte auswendig lernen müssen: »Bei einem Wirte wundermild, da war ich jüngst zu Gaste. Ein goldner Apfel war sein Schild …« Hoffentlich war nicht auch Uhlands Soldatenlied darunter, ging mir unwillkürlich durch den Kopf: »Ich hatt' einen Kameraden, einen bessern find'st du nit …« Beharrlich war es in beiden Weltkriegen bei jeder Beerdigung gefallener Soldaten gespielt worden. Vor Kurzem hatte ich es wieder bei einem Fernsehbericht über die Beisetzung von in Afghanistan gefallener Bundeswehrsoldaten gehört.

Währenddessen geleitete mich die Schulleiterin munter plaudernd in die Aula, wo sie mir den Präsidenten der Uhlandgesellschaft vorstellte, einen freundlich lächelnden Göttervater mit weißer Mähne. Allmählich trafen die Fünft- und Sechstklässler ein, angeführt von ihren Lehrkräften, bis die Aula brechend voll war.

Nach einer flotten Begrüßung durch die Direktorin leitete der Unterstufenchor mit einem Lied – vermutlich Text von Uhland – die Veranstaltung ein. Anschließend lasen die Preisträger Uhlandgedichte und Ausschnitte aus ihren Wettbewerbsarbeiten vor. Der Präsident bedankte sich warmherzig bei den Kindern – es täte ja so gut, dass auch heute noch das

Andenken des Dichters hochgehalten würde – und würdigte in seiner Laudatio vor allem Uhland, bis die Fünft- und Sechstklässler immer unruhiger auf ihren Stühlen herumrutschten und die Blicke der anwesenden Lehrer immer drohender auf ihre Schäflein fielen. Zu guter Letzt wurden die Preise überreicht, begleitet von frenetischem Klatschen, Pfeifen und Jubelrufen der Mitschüler, die sich endlich wieder bewegen durften. Gedichtbände von Uhland, Büchergutscheine. Dann das Gruppenbild, der glücklich lächelnde Zeus neben Hanna Rasch, umringt von den Preisträgern mit ihren Urkunden.

Als ich wieder die Allee der Abi-Denkmäler passiert hatte, fiel mir Engels alter VW-Bus auf, der auf dem großen Parkplatz vor der Schule gleich neben der Schulbushaltestelle geparkt war. Davor die Plakatständer mit UNICEF-Schriftzügen, ein Klapptisch unter dem aufgespannten Sonnenschirm und Heinz Engel mit Pferdeschwanz, gestutztem Bart und schwarzem Anzug, unter dem er ein schwarzes T-Shirt trug – ohne Aufdruck. Neugierig kam ich näher, irgendwas hielt mich aber davon ab, mich zu erkennen zu geben. Ich wollte mir das lieber etwas aus der Entfernung ansehen. Eine Traube von Fünft- und Sechstklässlern umgab Engel und hörte seinem gestenreichen Vortrag gebannt zu. Dann begann Engel Flyer zu verteilen und zeigte auf eine große Plastik-Blumenschale, die mit weißen Tütchen gefüllt war, um die sich die Kinder rissen. Ich schlenderte zu meinem Käfer, zog mein

Handy aus der Tasche und machte ein Foto. Da kündigte ein Piepton eine SMS von Rita an. »Halt dich fest, Böckle hat rausgekriegt, dass beide Mails von ein und demselben PC in Eberles Büro abgeschickt wurden.«

MITTWOCH, 6. JUNI, ABENDS

Am Abend war ich zum Grillen bei Andy Schwab eingeladen. Auf der Fahrt ging ich den Fall noch einmal durch. So viel stand fest, der Erpresser hatte sich Zugang zu Eberles Büro verschaffen können. Ich sah den Lagerschuppen vor mir, den Kiesstreifen mit den Glasscherben. Da stimmte doch was nicht! Warum war mir das nicht gleich aufgefallen! Die Glasscheiben lagen alle draußen! Das Fenster musste von innen eingeschlagen oder eingeworfen worden sein! Welchen Sinn ergab das? Der Entwender des Rattengifts, wohl gleichzeitig auch der Erpresser, hat einen Schlüssel, kommt durch die Tür, wirft das Fenster ein, um einen Einbruch vorzutäuschen, nimmt ein paar Päckchen Rattengift mit, von denen er eines Engel zusteckt, um den Verdacht auf ihn zu lenken – ganz schön raffiniert! Aber wer könnte auf so eine Idee kommen? Vermutlich doch der Hausmeister von Eberle? Oder etwa Clemens Sauter, der dann seinen alten Kumpel Heinz Engel eiskalt verraten hätte? Dass Eberle selbst Rattengift in seiner Backstube auslegt, kam mir immer unwahrscheinlicher vor. Das wäre zu pervers. Auch die Nummer mit den Gartenzwergen, die beiden Mails, die Postkarte an meinem Scheibenwischer. Das passte nicht zu ihm, nicht sein Humor. Ich beschloss, mit

Rita darüber zu reden. Wir sollten uns noch mal den Schuppen vornehmen.

Vor dem Brunnen am Bäringer Marktplatz stand Engels VW-Bus. Den wollte ich mir doch noch einmal ansehen. Ich parkte daneben, stieg aus und schielte durchs Fenster. Auf der aufgeklappten Rücksitzbank lagen die Plakate, der Klapptisch, der Sonnenschirm und die weiße Blumenschale. Wenige weiße Päckchen lagen noch drin. Ich sah genauer hin. »Kristall-Brausepulver«, stand drauf, darunter verschiedene Comicfiguren. Eine gelbe Tweety-Ente für »Zitrone«, Ernie aus der Sesamstraße für »Waldmeister«. War das wirklich nur harmloses Brausepulver? Andys Bemerkung über Drogendealer rund um das Uhlandgymnasium ließ mich nicht mehr los. War die UNICEF-Geschichte nur Tarnung? Wenn Engel dort in Wirklichkeit Drogen verteilte, um Kinder abhängig zu machen und dann das Zeug in Massen verkaufen zu können? Sauter hatte ihm beim Transport der Kartons geholfen. Also musste er auch in der Sache drinstecken. Gab es dann einen Zusammenhang zum Erpressungsfall? Brauchten die beiden das Geld, um das Zeug zu beschaffen? Wollte Sauter von dem Gewinn seine Schulden loswerden? Es juckte mich in den Fingern. Ich schaute kurz nach links und rechts, dann zog ich am Griff der Seitentür. Sie war offen. Neben der Schale lagen zwei leere Kartons mit einer Aufschrift in irgendeiner slawischen Sprache. Kamen die neuen Designerdrogen nicht hauptsächlich aus Tschechien? Ich besorgte mir einmal Waldmeister und einmal Zitrone und versuchte die Schiebetür mit möglichst wenig Geräusch zu verschließen, stieg in meinen Käfer und fuhr los. Auf dem Weg zu Andy überschlugen sich meine Gedanken. Sollte ich Rita einweihen, mich gleich mit Böckle in Verbindung setzen? Mein Verdacht war eigentlich haltlos, nur auf ein vages Gefühl gegründet.

Andy bewohnte ein Ökohaus, hoch über Bäringen, mit herrlichem Blick auf die Altstadt. Ein Nullenergiehaus, wie er mir stolz verkündete, die Wände aus naturbelassenem Holz, die ganze Südfront Glas, Solarzellen auf dem nach Süden geneigten Pultdach, der Garten mit niedrigem Buschwerk, damit die Sonne ungehindert Energie liefern konnte. Er stellte mir einige befreundete Paare vor, ebenfalls Eltern in Klasse Vier, samt ihren Kindern, außerdem den Bäringer Pfarrer, einen fröhlichen Typen mit lustig umherschauenden Augen.

»Und das ist meine Tochter Lena und ihr Freund Tobias.«

»Wir kennen uns schon«, sagte ich. Der schlaksige Junge mit den sanften Rehaugen grinste mich an. »Die Kommissarin und ihr Assistent. Hat Ihre Kollegin Delbosco schon was herausgefunden?«

Andy schaute belustigt, und ich wusste wieder einmal nicht, ob beziehungsweise was ich antworten sollte. Da kam Sauter auf uns zu. »Halb Bäringen weiß doch inzwischen Bescheid über die Erpressung und wie sich die Polizei dabei blamiert hat. Bloß das

Echo glaubt, darüber nicht berichten zu dürfen. Alter schützt vor Torheit nicht, aber Dummheit vor Intelligenz!«

»Das muss schon ein cooler Typ sein, wie der die Bullen aufs Kreuz gelegt hat«, sagte Lena.

»Das muss man sich mal vorstellen. Die bewachen die ganze Zeit deinen Laden und merken nicht, wie der Kerl sich das Geld holt«, lachte Tobias.

»Und ich bin jetzt der Hauptverdächtige«, grollte Sauter. »Dabei hab ich bei der ganzen Komödie ja mitgespielt und genau das getan, was die Polizei von mir verlangt hat. Fürchte deinen Nächsten wie dich selbst!«

»Schade, dass wir gleich, nachdem ich den Gartenzwerg mit den Geldscheinen gefüttert hatte, nach Tunbridge Wells gefahren sind«, sagte Tobias. »Ich hätte zu gerne gesehen, wie die Bullen Tag und Nacht mit ihren Ferngläsern den Zwerg bewachten.«

»Mein Onkel Clemens und Tobias haben uns vorhin die ganze Geschichte erzählt«, erklärte Andy endlich.

»Jahrelang ist nix los in Bäringen und jetzt das«, schaltete sich Pfarrer Berger ein. »Zuerst der Aufruhr an der Schule, den das *Echo* aufbauscht, als ob dort das große Chaos ausgebrochen sei, dann der mysteriöse Erpressungsfall, über den alle Bescheid wissen, nur anscheinend das *Echo* nicht.« Er wandte sich mir zu. »Ihren Artikel fand ich übrigens sehr gut getroffen. Sie haben überzeugend herausgestellt, dass es darauf ankommt, wie die Schule auf Konflikte reagiert. Schade, dass die Zeitung Sie von diesem Fall abgezogen hat.«

Ich verzichtete auf eine Richtigstellung. Was hätte ich alles erklären müssen!

Während Andy sich mit dem Grill abmühte und die Frauen in der Küche sich um die Salate kümmerten, nutzte ich die Zeit, mich mit Andys Sohn Steffen und seinen Freunden zu unterhalten. Lena und Tobias hörten interessiert zu. Ob sie gerne in die Schule gingen? Ob es da wirklich so rau herging? Ob sie mitbekommen hätten, wie einer gefesselt und fast erdrosselt worden sei?

»Das war doch nur Spaß«, lachte Sarah. »Wir hatten Bewegungspause mit Hüpfseilen und haben Terroristen gespielt, einer war der Bombenleger, der andere musste ihn schnappen, und dann hat Thorben David zum Spaß gefesselt. Als es geklingelt hat, haben wir schnell versucht, David loszubinden. Das ging aber nicht so rasch, und als wir ein bisschen an dem Seil ziehen mussten, damit es losging, da hat David ›ihr Idioten‹ gebrüllt und sich dann selbst ausgewickelt.«

Was sie denn in der Freizeit so alles anstellten, erkundigte ich mich.

Fußball spielen, Kunstprojekt mit einem Bildhauer, Tischtennis, Karate, alles AG-Angebote der Schule.

»Bei euch ist aber viel los!«

»Letzte Woche hatten wir einen Inlinertag auf dem Schulhof, Hindernisfahren und so.«

»Und sonst?«

»Ich geh ins Ballett«, verkündete Sarah.

»Computerspiele.« Thorben druckste herum. »*Ego-Shooter*, *Counter-Strike*, *Deathmatch* und so.«

»Aber das sind doch brutale Schieß-Spiele und für Jugendliche gar nicht zugelassen!«

Mikes Vater ließe sie manchmal mitspielen, aber das dürfe niemand wissen.

Tobias erklärte: »Beim *Deathmatch* musst du den Gegner mit Kopfschuss töten, das gibt die meisten Punkte.«

Lena meinte: »Blödes Spiel. Immer nur Leute abschießen ist doch langweilig.«

»Das verstehst du nicht«, wies sie Thorben zurecht.

Steffen berichtete von der Spielserie *Grand Theft Auto*. Da könne man Autos klauen, auf Passanten oder Polizisten schießen. Dann würde man von der Polizei verfolgt und müsse sehen, dass man sich von irgendwem ein Auto beschaffen kann, um zu flüchten.

Mir fiel die furchtbare Tat von Winnenden ein. Hatte sie sich nicht ganz ähnlich abgespielt?

»Warum spielt ihr denn so was?«, fragte ich sie.

»Man trainiert, schneller zu sein als die Mitspieler, und es kommt darauf an, keine Schießfehler zu machen. Wie im Sport beim Biathlon.«

»Und besonders Spaß macht es natürlich, die Bullen zu veräppeln«, lachte Tobias ironisch. »Wie im richtigen Leben.«

Clemens Sauter steuerte mit Engel im Schlepptau auf uns zu. Engel stupste Steffen vor die Brust und fragte: »Macht ihr nur Dummheiten in der Schule oder lernt ihr auch was Gescheites?«

Steffen grinste verlegen.

»Sag mir einen Satz mit Genitiv und Dativ!«

Steffen überlegte, Lena und Tobias horchten auf. Bevor Steffen antworten konnte, platzte Engel mit der Antwort heraus: »Genitiv ins Wasser, weil es Dativ ist.« Er strubbelte mit der Hand durch Steffens Haare, dann steuerte er zu den Getränken hinüber und rief ihm noch über die Schulter zu: »Biss demnächst, sagte der Vampir.«

Andy kam mit den ersten vegetarischen Grillspießchen. Ich könne auch ein Steak haben, bot er mir an. Ich begnügte mich mit Knoblauchbaguette, mediterranen Salaten und einer Cola. Dachte an die Rückfahrt mit dem Auto.

»Aber einen Schluck Vorderwestersulzer Muskattrollinger solltest du unbedingt probieren!«

Nach dem Essen spielten die Kinder im Garten Räuber und Gendarm. Die Gespräche der Eltern kreisten um den Erpressungsfall und den Bäringer Schulskandal. Wie der Schäuffele sich aufführe, sei unmöglich. Das sei doch alles übertrieben.

»Lehrer hatten es schon immer schwer, sich gegen eine Horde ungezogener Lieblinge durchzusetzen.«

»Schreiben Sie das ruhig in Ihrem nächsten Artikel. Einige Eltern haben da ziemlich übertrieben, vielleicht aus Wut, weil der Schmidt ihnen nicht aus der Hand frisst.«

Andys Frau Manuela sagte: »Ich unterrichte an der Realschule. Dort passieren ganz andere Sachen. Kinder bauen aus Tischen und Stühlen im Klassenzimmer eine Pyramide, werfen sie um, filmen alles und stellen es dann bei Youtube ins Netz.«

Ihre Freundin Sabrina lachte: »Das ist ja noch harmlos. Ich kenne eine Schule, da geht es viel schlimmer zu. Schüler verdreschen einen Mitschüler, einer filmt's und bringt's ins Internet, um ihn vor der ganzen Klasse bloßzustellen. Das ist wirklich Mobbing. Einem Sportlehrer, der in der Mathestunde noch seinen Trainingsanzug anhatte, hat einer, als der mit dem Rücken zur Klasse an der Tafel stand, die Trainingshose heruntergezogen. Ein anderer hat's dann wieder gefilmt und ins Netz gestellt.«

»Wie sich die Zeiten ändern.« Andy stellte die Weingläser ab. »Mein Opa war der felsenfesten Überzeugung, ab und zu eine Ohrfeige in der Schule gehöre einfach dazu. Heute müssen Lehrer damit rechnen, von ihren Schülern tätlich angegriffen zu werden. Ich wage mal eine Prognose. In 50 Jahren wird es heißen: Ein Klaps zu rechten Zeit hat noch keinem Lehrer geschadet.«

»Ein Hoch den Kindern unserer Eltern!« Engel hob sein Glas und kicherte. »Wir waren auch nicht besser. Über uns hat man damals gesagt: Fast jeder Zwölfjährige raucht. Der Rest ist zu besoffen, um die Packung aufzukriegen.«

Ich erwähnte, die Kinder hätten mir gerade erzählt, dass bereits die Viertklässler Erfahrungen mit Killerspielen hätten. Betroffenes Schweigen.

»Diese Killerspiele sind doch Übungsfelder für zukünftige Amokläufer.« Sabrina war außer sich. »Was muss denn noch alles passieren, bis diese Spiele endlich verboten werden!«

Andy stemmte die Fäuste in die Hüfte.

»Sollten wir nicht lieber fragen, was Kinder dazu bringt, sich damit die Zeit zu vertreiben? Was macht sie so aggressiv, dass sie daran Freude haben?«

»Vielleicht die Spiele selbst? Das geht doch ratzfatz. In der Schule gibt einer damit an, dass er so ein Spiel hat, wer nicht mitmacht, gilt als Weichei. Und Gelegenheiten finden sich immer wieder, an diese Spiele ranzukommen.«

»Was die Kinder bei Freunden alles anstellen, wissen wir alle nicht«, meinte Andy. »Aber meinen Steffen werde ich mir vorknöpfen. Vor Kurzem habe ich von einer Studie gelesen, dass diese Gewaltspiele regelrecht süchtig machen und der Schulerfolg nachweislich negativ davon beeinflusst wird. Die Kinder können sich nicht mehr konzentrieren und finden sich in der Schulwirklichkeit nicht mehr zurecht.«

»Bei Fantasy-Rollenspielen ist die Gefahr noch größer«, sagte Helen Mattes. »Die Spieler flüchten sich in eine synthetische Welt, die zu ihrer eigentlichen Wirklichkeit wird. Da gibt es doch dieses *World of Warcraft*. Jeder Spieler stellt sich seinen eigenen Charakter zusammen, muss Abenteuer bestehen und Aufgaben erfüllen und vergisst langsam seine eigentliche Umwelt. Ich habe gehört, dass das Spiel viele hundert Stunden dauert und manche tagelang in ihrem Zimmer verbringen, gebunden an so ein Rollenspiel.«

»Davon sind doch vor allem Jungen betroffen?«

»Das gilt vielleicht für die Gewaltspiele«, widersprach Helen Sabrina entschieden, »aber bestimmt nicht für die Rollenspiele. Ich könnte euch da Dinge erzählen ...«

Andys Frau Manuela fiel ihr ins Wort: »Was wir brauchen, ist eine spezielle Jungen-Pädagogik. Mädchen haben es viel leichter, sich in ihre gesellschaftliche Rolle als Frau hineinzufinden. Jahrelang hat man sich besonders um die Mädchen gekümmert. Das war sicher auch notwendig, um die Chancengleichheit herzustellen, will ich gar nicht leugnen. Aber viele Jungen kommen heute mit den widersprüchlichen Männerbildern in den Medien nicht zurecht. An wem sollen sie sich denn orientieren? Im Kindergarten nur Erzieherinnen, in der Grundschule fast nur Lehrerinnen, häufig alleinerziehende Mütter ...«

»Wir tun, was wir können«, lachte Andy und wies auf seine Grillschürze.

»Nun mal im Ernst. Die Jungen fallen immer weiter zurück. In der Kursstufe und beim Abitur dominieren inzwischen die Mädels, nicht nur in den Leistungen, auch zahlenmäßig. Das muss doch nachdenklich machen.«

»Und wie stellst du dir diese Jungen-Pädagogik vor?« Andy klopfte auf eine Zucchinischeibe, die sich auf dem Grill leicht nach oben wölbte.

»Weiß ich nicht, aber mit diesen idiotischen Macho-Männerbildern in den Medien müsste man sich im Unterricht kritisch auseinandersetzen.«

»Du liebe Zeit«, brauste Sabrina auf, »da hättest du aber eine Aufgabe! Das könnte auch leicht in die Hose gehen! Gegen die Welt der Computerspiele und Actionfilme kommst du in der Schule nicht an.«

»Also aufgeben und den Kopf in den Sand stecken?« Manuela schüttelte heftig den Kopf und spießte eine Cherrytomate auf, mit der sie Sabrina drohte. »Sind wir als Eltern und Erzieher wirklich hilflos? Ich fürchte, wir machen es uns manchmal zu einfach. Wegschauen und hoffen, dass unsere Kinder vernünftig und brav sind, ist mir zu riskant.«

Die vegetarischen Grillspießchen waren fertig, Andy rief die Kinder zum Essen, und der weitere Abend verlief harmonisch und friedlich.

Kaum war ich zu Hause, rief Nora an. Ob ich den Artikel fertig hätte? Ich dachte zunächst, sie meinte den Bericht über das Uhlandgymnasium.

»Den kannst du auf Eis legen. Dafür ist auch noch in ein paar Tagen Zeit.«

Ich wandte ein, dass ich von Rita keine Anweisung für den Bäringen-Artikel hätte, die wisse von nichts, vom Chef hätte ich auch nichts gehört. Da rückte sie damit raus, dass es gar keine Anweisung gäbe, aber das solle mich nicht kümmern. Sie nähme alles auf ihre Kappe. In einer Stunde käme sie vorbei. Ich solle eine Daten-CD und einen Ausdruck bereithalten. Dann ermahnte sie mich noch, am Samstag pünktlich beim Südwestrundfunk in Stuttgart zu sein, und legte auf.

Sie setzte mir die Pistole auf die Brust, was mir ganz und gar nicht gefiel. Sollen sie ihren Artikel haben!, dachte ich grimmig, um im nächsten Moment schon wieder zu zaudern. Ich stand auf, ging ans Fenster. War ich gerade dabei, eine Riesendummheit zu machen? Andererseits spürte ich, die Eltern auf Andys Grillparty erwarteten von mir, dass ich etwas richtigstellte, ebenso wie Nora. Widerstrebend setzte ich mich an den Rechner und öffnete die Datei »Schulskandal in Bäringen«.

Während ich schrieb, wurde mir zunehmend wohler, und die Gewissheit wuchs, dass ich genau das Richtige tat. Ich schrieb über den profilierungssüchtigen Bürgermeister, die Intrige gegen Schulleiter Schmidt, dessen gezielt eingesetzte pädagogische Maßnahmen zur Vorbeugung von Gewalt an seiner Schule, das reichhaltige Angebot an Arbeitsgemeinschaften am Nachmittag, seine konstruktiv-kollegiale Haltung gegenüber der Klassenlehrerin, über die vielen Bäringer Eltern, die sich – allerdings hinter vorgehaltener Hand – solidarisch mit Schmidt erklärten, erwähnte, dass das *Schoppendorfer Echo* eine bestimmte Berichterstattung gewünscht hätte, dass dies im Interesse der Pressefreiheit in unserem Land aber nicht zu verantworten sei.

Ich hämmerte meine ganze aufgestaute Wut in die Tasten und hatte den Artikel fertig, als Nora an der Haustür läutete.

Als sie mit der Daten-CD losgezogen war, fühlte ich mich unheimlich erleichtert. Ich hatte eine Entscheidung getroffen, die mir guttat. Sicher, mein Vorgehen war riskant. Vermutlich hatte ich mich um Kopf und Kragen geschrieben. Aber es fühlte sich alles richtig an. Und ganz ohne Vertrauen auf meine journalistischen Qualitäten und Noras Beziehungen hätte ich den Schritt wohl nicht gewagt.

DONNERSTAG, 6. JUNI, VORMITTAGS

Fieberhaft blätterte ich den Regionalteil durch. Nichts. Auch beim zweiten und dritten Mal – kein Artikel über die Bäringer Schule. Hatte ich doch zu dick aufgetragen? Hatte Nora nach der Durchsicht meines Artikels kalte Füße bekommen? Hatte sie mir meine freizügige schonungslose Darstellung vielleicht sogar übel genommen?

In die Redaktion traute ich mich heute nicht. Kaum auszudenken, was dort los war, wenn mein Artikel in der Chefetage kursierte! Nächsten Samstag hatte ich das Vorstellungsgespräch in Stuttgart, und den Artikel über das Uhlandgymnasium musste ich heute noch abschließen. Damit könnte ich mich herausreden.

Nach dem Frühstück fragte Frau Eisele, ob ich ihr helfen könnte, einen Schrank in die Garage zu transportieren. Ich war froh über die Ablenkung. Es passte zu meiner Verfassung, etwas Nützliches zu tun, und so half ich ihr den ganzen Vormittag beim Entrümpeln und Aufräumen. Beim Ordnung-Machen wurde ich ruhiger, begann auch die Gedanken in meinem Kopf neu zu sortieren. Erst mal abwarten, Nils. Nora wird sich irgendwann heute melden, und dann sieht man weiter. Noch ist nichts entschieden. Und wenn schon! Wer weiß, was ihr dazwischengekommen ist.

Das Fahrrad im Keller stamme von ihrem Sohn, erzählte Frau Eisele. »Wenn Se wellet, kennet Se damit fahra, solang Se hier wohna. Mein Sohn isch in Amerika, der kommt früheschtens wieder zu Weihnachta.«

»Ab und zu eine kleine Tour würde mir schon gefallen«, bedankte ich mich, putzte anschließend das Bike, ölte die Kette, stellte die Bremsen neu ein. Frau Eisele war glücklich, mir als Belohnung für meine Hilfe damit eine Freude machen zu können.

Als ich das Rad die Kellertreppe nach oben trug, düdelte mein Handy. Ich stürzte hinaus, stellte das Rad an der Hauswand ab. Nora.

»Gestern Abend ging nicht mehr«, kam sie gleich zur Sache. »Der Umbruch war schon fertig. Dein Artikel …«

»Ich weiß, ich weiß«, unterbrach ich sie. »Ich war viel zu aggressiv. Aber mich hatte einfach die kalte Wut gepackt. Ich hätte mich nicht von meinen Emotionen hinreißen lassen dürfen.«

Stille.

»Nora, bist du noch dran?«

»Was redest du da für einen Blödsinn?« Ihre Stimme klang aufgebracht. »Der ist gut, sehr gut sogar. Das passt haargenau. Ich will dir mal was sagen. Wenn du in unserem Job weiterkommen willst, musst du Biss zeigen und Mumm haben, auch mal was Unbequemes zu riskieren. Du hast was drauf. Versteck dich nicht hinter den Erwartungen anderer. Also, hör zu. Der Artikel kommt in der Samstagsausgabe, auf der ersten Seite des Regionalteils, ich hab das in die Wege geleitet.«

»Und die haben nichts dagegen?«

Nora zögerte, druckste herum. »Ehrlich gesagt hab ich den Leuten vom Umbruch angedeutet, der Text müsse noch mal überarbeitet werden. Vier Spalten mit Bild werden freigehalten. Ich bring ihnen den Text kurz vor Redaktionsschluss. Tschüss, bis morgen.«

Aufgelegt. War das nun eine gute oder eine schlechte Nachricht? Jedenfalls schien Nora von meinem Artikel angetan zu sein. Wieder düdelte das Handy. Als ich hörte, dass Andy dran war, war ich richtig erleichtert.

»Hättest du heute Abend Zeit? Christian, äh, Christian Schmidt von der Grundschule kommt bei mir vorbei, er bringt Pfarrer Berger mit. Wir könnten uns einen gemütlichen Männerabend machen.«

»Mein Artikel ist schon in der Redaktion«, antwortete ich und bereute im gleichen Moment meine taktlose Direktheit.

»Umso besser«, meinte Andy unbekümmert, »dann können wir ganz unbefangen quatschen.«

Ich sagte zu, nahm mir aber vor, nichts davon auszuplaudern, was übermorgen in der Zeitung stünde.

Sollte ich mit dem Rad fahren? Ritas Empfehlung, auf der anderen Seite des Sulztals nach Bäringen zu fahren, fiel mir ein, und ich hatte Lust, den Stress der letzten Tage in die Pedale zu treten. Frau Eisele beschrieb mir begeistert den Weg. Den sei sie früher oft sonntags mit der ganzen Familie gefahren. Fast nur Radwege und überall ausgeschildert. Nur den Einstieg dürfte ich nicht verfehlen.

Ich machte den Artikel über das Uhlandgymnasium fertig und brachte ihn in die Redaktion. Die Friedle kam gerade aus Ritas Büro. Schnippisch meinte sie: »Dass du so schnell wieder an der Sache dran bist, hätte ich nicht gedacht. Aber weißt du was, ich gönn dir die Geschichte mit der Bäringer Schule.«

Ich spielte Mitleid. »Wo du dich extra so ins Zeug gelegt hast.«

»Du, ich steh hinter jeder Zeile«, versuchte sie sich zu rechtfertigen.

»Das will ich aber auch hoffen!«, flachste ich und drohte ihr scherzhaft mit dem Zeigefinger.

»Grüß die Gräfin von mir«, flötete sie mit vielsagendem Blick und hüpfte mit energisch wippendem Pferdeschwanz davon.

Hatte ihr Rita von dem vernichtenden Urteil Noras über ihren Artikel erzählt? Wollte sie mir zu verstehen geben, wem ich mein Comeback zu verdanken hatte?

Rita überflog meinen Artikel, nickte, legte ihn kommentarlos beiseite, sagte nichts, ließ mich in der Luft hängen.

»Nora, Frau Martini …«

»Du brauchst mir nichts zu erklären«, brummte sie. »Obwohl ich ihre Alleingänge nicht besonders schätze, du kannst ja nichts dafür, Schwamm drüber. Was mich nervt, ist die Erpressergeschichte, da geht nichts voran. Böckle hat auf der Postkarte mit dem Gartenzwerg keine Fingerabdrücke gefunden. Ich war bei Fröhlich im Krankenhaus. Er ist wieder bei Bewusstsein, hat eine schwere Gehirnerschütterung. Die Wunde am Kopf hat wohl schlimmer ausgesehen. Ich konnte sogar kurz mit ihm reden. Er beteuert, dass er Eberles Wagen nicht gesehen hätte, es sei ein dummer Unfall gewesen. Eberle hat ihn auch schon besucht. Wenn er wieder gesund ist, kann er bei ihm anfangen, als Produktionsleiter. Er wirkte ganz glücklich. Du hattest wohl recht, Fröhlich können wir aus der Erpresserliste streichen.«

»Eberles Hausmeister hätte ein Motiv und er hätte Zugang zum Büro von Eberle.«

Rita winkte ab. »Weil Eberle versucht hat, ihm zu kündigen? Weißt du auch, warum? Eberle hat ihn dabei erwischt, als er zerbrochene Brezeln aus der Produktion mit nach Hause nehmen wollte.«

»Ist das so schlimm, die kann man doch nicht mehr verkaufen.«

»Streng verboten hat er es trotzdem. Ist ja auch nicht bei seinem Personalrat damit durchgekommen. Aber deshalb den Chef erpressen? Der ist doch froh, dass er seinen Job nicht verloren hat und wird Eberle beweisen wollen, was er für einen guten Mitarbeiter an ihm hat!«

»Über das Rattengift in Engels Rucksack hat er erstaunlich gut Bescheid gewusst und ehrlich gesagt, ihm würde ich auch den Hieb auf meinen Schädel zutrauen.«

Rita zog die Augenbrauen hoch, ging aber nicht weiter darauf ein.

»Clemens Sauter?«

»Der schon eher. Er ist ein Hallodri, bei dem ich mir allerhand vorstellen kann. Zugegeben, kriminelle Machenschaften passen nicht zu ihm, Rattengift schon gar nicht. Andererseits ist er in dieser verzweifelten Lage. Viele Schulden, Eberle setzt ihn unter Druck. Den Einbruch in den Schuppen hätte er leicht unbemerkt durchführen können, und in der Brezelfabrik kennt er sich auch aus.«

»Apropos Einbruch. Ich hab mir den Schuppen noch mal angesehen. Die Glasscherben lagen alle draußen.«

»Und, wo sollten sie deiner Meinung nach liegen?«

»Denk doch mal nach, ein Einbrecher schlägt die Scheibe ein …«

»Alle Achtung, scharf kombiniert!«

»Der Kerl hatte einen Schlüssel, kam also durch die Tür und versuchte einen Einbruch von außen vorzutäuschen. Das spräche wieder für den Hausmeister.«

»Sauter könnte sich einen Nachschlüssel besorgt haben.«

»Bliebe noch Heinz Engel. Dass man auf der Rattengiftpackung seine Fingerabdrücke nicht gefunden hat, beweist gar nichts.«

»Und sein Motiv?«

»Vielleicht ist es mit seinen Devisenreserven in der Schweiz nicht so weit her.«

»Das hat er doch nur im Spaß gesagt!«

»Eben! Vielleicht wollte er Sauter helfen, vielleicht haben beide den Streich ausgeheckt.«

»Womit wir wieder am Anfang wären.«

Ich berichtete ihr von Engels Auftreten vor dem Uhlandgymnasium als UNICEF-Werber. Rita horchte auf. »Das allerdings wirft ein neues Licht auf Engel. Vielleicht ist alles ganz harmlos. Engel hatte vielleicht in seiner Zeit als Manager UNICEF gesponsert und fühlt sich nun weiter mit dem Kinderhilfswerk verbunden.«

»Aber die Idee mit den Brausetütchen? Das ist doch merkwürdig, um nicht zu sagen verdächtig! Ich habe mir übrigens zwei von ihnen besorgt.«

»Willst du sie untersuchen lassen?«

Ich zuckte die Achseln. »Und wenn es keiner von den dreien war?«

»Bingo. Nach meiner Theorie hätte sich der Erpresser längst wieder melden und die zweite Stufe der Rakete zünden müssen.«

»Der weiß doch, dass die Polizei ermittelt!«

»Ich wette, Eberle weiß mehr. Vielleicht setzt der Erpresser ihn schon wieder unter Druck – ab jetzt keine Polizei mehr – und hat längst weitere Forderungen an ihn gestellt.«

»Und wenn es gar keinen Erpresser gibt?«

»Du meinst, Eberle hat die ganze Geschichte getürkt …«

»… um Sauter ans Messer zu liefern und seine Manufaktur an sich zu reißen.«

»Deine Theorien werden immer abstruser«, lachte Rita. Zuerst der drogendealende Erpresser, dann der superschlaue Eberle. Übrigens, bevor ich's vergesse: Böckle will sich mit dir treffen, er hat mich vorhin angerufen. Wir haben lange miteinander gesprochen. Ich hab ihm deine Handynummer gegeben.«

DONNERSTAG, 6. JUNI, NACHMITTAGS UND ABENDS

Sollte ich den ganzen Tag auf Böckles Anruf warten? Was wollte der Kommissar von mir? Mit dem Erpressungsfall hatte ich doch kaum was zu tun! Der Drohbrief vom Gartenzwerg? Mein Gespräch mit Fröhlich vor seinem Unfall? Ich trat die Flucht nach vorn an, ließ mir bei der Schoppendorfer Polizei seine Durchwahl geben, hatte Glück und erreichte ihn auf Anhieb. Er kam gleich zur Sache.

»Schön, dass Sie anrufen. Frau Delbosco hat sich am Telefon verplappert und mir schließlich gestanden, dass Sie in den Fall eingeweiht sind, obwohl ich sie gebeten hatte, die Angelegenheit streng vertraulich zu behandeln. Sie hat mir auch von den beiden Erpresserbotschaften berichtet. Da Sie nun in den Fall schon mal involviert sind, schildern Sie mir doch aus Ihrer Sicht, was Sie beide herausgefunden haben.«

Ich berichtete von meinen Besuchen bei Sauter, von unseren Gesprächen im *Kapuzinerkeller*, von meinem Zusammentreffen mit dem Hausmeister, den Mails und der Postkarte und meiner Beobachtung, dass mit dem Einbruch etwas nicht stimmte. Da wurde Böckle hellhörig.

»Könnten wir uns nachher beim Schuppen im Eberlegelände treffen, so gegen 14 Uhr?«

Ich sagte zu und fuhr gegen halb zwei los.

Als ich vor der Brezelfabrik aus meinem Käfer stieg, kam mir der Hausmeister entgegen, begrüßte mich freundlich und fragte verlegen: »Tut's noch weh?«

Bevor ich mir einen Reim auf seine merkwürdige Frage machen konnte, begann er zu erklären, dass er in der bewussten Nacht von Eberle auf Streife geschickt worden sei, um auf verdächtige Vorgänge zu achten. Da sei er plötzlich auf mich getroffen, habe mich für den Täter gehalten und mir mit seinem Gummiknüppel eins übergezogen. Erst danach habe er mich erkannt und sei getürmt. Es tue ihm schrecklich leid. Wie er das wiedergutmachen könne? »Danke übrigens, dass Sie mich nicht verpfiffen haben.«

Sollte ich ihm sagen, dass ich ihn gar nicht erkannt hatte? Nein, ein bisschen sollte er doch in seinem schlechten Gewissen schmoren. So antwortete ich mit ernster Miene: »Ich treffe mich gleich mit Kommissar Böckle am Schuppen, gut, dass ich Sie davor noch gesehen habe.«

Böckle erwartete mich schon. Untersetzt, höchstens Mitte 30 – ich hatte ihn mir älter vorgestellt –, glattes Kindergesicht, blonde Locken – für einen Kommissar bei der Kripo hätte ich ihn nicht gehalten.

»Da haben unsere Ermittler wohl geschlampt«,

stellte er fest und wies mit der Fußspitze auf die Glasscherben auf dem Kiesstreifen. »Mit dem Hausmeister habe ich eben gesprochen, war nicht gerade mitteilsam.« Er zeigte auf die Tür. »Einfaches Bartschloss, lässt sich mit jedem krummen Nagel öffnen.« Er schwieg, fragte dann beiläufig: »Wie lange sind Sie eigentlich schon beim *Echo*?«

»Als ich nach Schoppendorf kam, war gerade die Schnapsleiche gefunden worden.«

»Das sind ja erst ein paar Tage, dafür sind Sie aber schon erstaunlich gut informiert.«

»Fast vier Wochen«, korrigierte ich ihn.

»Haben Sie sich im Schuppen schon umgesehen?«

»Nur ein kurzer Blick durchs Fenster, dann hat mich der Hausmeister zurückgepfiffen.«

»Na, dann kommen Sie mal mit.«

Er öffnete die Tür mit einem Dietrich, knipste Licht an. »Nach meinem Gespräch mit Frau Delbosco habe ich meine Leute noch mal hergeschickt.«

Ich schaute mich in dem Lagerraum um. In den Ecken Spinnweben, flüchtig weggewischter Staub auf den Regalen.

»Hier in diesem Schrank lagerte das Zinkphosphid.« Böckle wies auf einen offen stehenden, schmalen, hohen Spind. »Kein Staub, alles sauber aufgeräumt, keine Spur mehr von den Päckchen. Dafür das hier.« Er hob einen Kugelschreiber in die Höhe.

Was wollte er mir damit sagen?

»Schauen Sie ihn sich mal genauer an!«

Es war ein Kugelschreiber mit Werbeaufdruck: *Schoppendorfer Echo*.

Ich lachte erstaunt. »Wie kommt der denn hierher?«

»Das wollte ich eigentlich Sie fragen!« Böckle beobachtete mich scharf.

Ich zuckte die Achseln. Wollte er mir andeuten, dass er nun auch mich verdächtigte?

»Eigentlich wundert mich das nicht«, meinte er dann lächelnd. »In diesem Fall scheint das *Echo* immer einen Tick schneller zu sein als die Polizei.«

»Das liegt am Erpresser.«

Böckle zog die rechte Augenbraue in die Höhe. »Wie meinen Sie das?«

Ich antwortete mit einer Gegenfrage: »Wissen Sie eine Antwort darauf, weshalb sich der Erpresser mit seinen Briefen nicht an Eberle persönlich, sondern an die Zeitung gewandt hat?«

»Er suchte die Öffentlichkeit, wollte, dass einer Ihrer Kollegen darüber berichtet. Aber diesen Gefallen haben wir ihm nicht getan.«

»Das ist doch eigentlich ungewöhnlich, oder?«

Böckle nagte an seiner Unterlippe. »Was heißt schon ungewöhnlich – mit den vielen anderen Besonderheiten ergibt sich eben ein ganz spezielles Täterprofil.«

Ich versuchte ihn aus der Reserve zu locken: »Also erstens die geringe Summe, die er haben wollte, zweitens die rätselhafte Geldentnahme, drittens die falschen Fährten, die er gelegt hat, als da wären: der Gartenzwerg unter dem Erpresserbrief, das Rattengift in

Engels Rucksack, die von innen eingeworfene Fensterscheibe, der Kugelschreiber – das Spiel mit der Polizei scheint ihm Spaß zu machen. Jedenfalls hat er keinen Mangel an Fantasie. Nicht zu vergessen, viertens sein Interesse an einer Berichterstattung im *Schoppendorfer Echo*.«

»Man könnte fast meinen, einer aus Ihrer Zunft stecke dahinter«, spottete Böckle.

»Fünftens«, fuhr ich, ohne darauf einzugehen, fort, »eine erstaunliche Kenntnis der örtlichen Verhältnisse und sechstens gute PC-Kenntnisse.«

Böckle musterte mich schweigend. Dann huschte ein mitleidiges Lächeln über sein Gesicht: »Wenn Sie uns jetzt noch Name und Adresse nennen könnten?«

Ich ärgerte mich über meinen Vorstoß. Böckle schien meine Gedanken erraten zu haben, meinte gönnerhaft: »Das haben Sie alles schön zusammengefasst, und ich könnte noch eins draufsetzen. Wir haben die Zeitungsschnipsel in der ausgetauschten Plastiktüte auf Fingerabdrücke untersucht. Sie stammen ausschließlich von Clemens Sauter und Heinz Engel. Auch das könnte eine falsche Fährte sein. Der Täter besorgt sich eine alte Zeitung von Sauter, zieht selbst Handschuhe an, bevor er sie bearbeitet. Aber das ist alles spekulativ. Keine verwertbaren Indizien.«

Ich erzählte ihm von Engels UNICEF-Aktion. Böckle hörte interessiert zu: »Da hätten wir ja zwei Fliegen mit einer Klappe geschlagen. Brausepulver – heutzutage als Werbemittel – das ist schon seltsam.«

Ich reichte ihm die beiden Tütchen rüber. Mit Daumen und Zeigefinger betastete er den Inhalt, roch daran. »Ich lass das noch heute untersuchen. Danke für den Hinweis.«

Dann brach er das Gespräch ab, schien es auf einmal eilig zu haben. »Wenn ich noch Fragen an Sie habe, weiß ich ja, wie ich Sie erreichen kann.«

Sorgfältig verschloss er den Schuppen. Dann ein flüchtiges »Also dann!«

Ich blickte ihm nach, wie er über die Wiese auf Sauters Laden zuschritt.

Auf der Rückfahrt stellte ich meinen Käfer im Cityparkhaus ab. Musste noch schnell bei der Volksbank vorbei. Am Schalter neben mir Tobias. Er bemerkte mich nicht. Ich zögerte, ob ich ihn, während ich auf meine Kontoauszüge wartete, ansprechen sollte. Ein Bauchgefühl hielt mich davon ab. Er war gerade dabei, britische Pfundnoten in Euro umzutauschen. Es handelte sich offensichtlich um einen höheren Betrag, denn die Dame blätterte ihm einige Hunderteuroscheine hin. Wie viel Geld Schüler heute zum Englandaustausch mitnehmen!

Ich verließ die Bank kurz nach Tobias. Er hastete vor mir die Kaiserallee runter und steuerte zielstrebig die Spardabank an. Ich blieb stehen, hielt mich im Hintergrund. Sollte ich reingehen? Da erschien Tobias schon wieder und machte sich auf den Weg zur Sparkasse schräg gegenüber. Kurz nach ihm betrat ich das

Gebäude. Das großzügig bemessene Foyer ließ die Servicenischen in den Hintergrund treten. Seitlich zogen sich Ausstellungswände mit Bildern regionaler Künstler hin, denen ich mich zuwandte. Tobias stand am Servicebereich »Sorten und Devisen« und sprach auf eine Mitarbeiterin ein, die etwas zögerlich dreinschaute. Ich verzog mich wieder hinter eine der Tafeln, sah auf meine Uhr, wartete zwei Minuten. Den Weg zum Ausgang hatte ich im Blick. Da kam er, hatte mich offensichtlich schon bemerkt, grinste mich an.

»Hallo, Herr Niklas, wollen Sie ein Bild kaufen?«

»Wenn du mir das nötige Geld dafür vorstreckst?«

Er schaute mich verblüfft an, dann lachte er: »Mein Papi ist zwar nicht knausrig, was Taschengeld angeht, aber ich fürchte, das übersteigt meine Möglichkeiten.«

»Wie geht es ihm denn?«

»Die Erpressung scheint er weggesteckt zu haben, nachdem der Typ sich nicht mehr gemeldet hat. Der Unfall macht ihm schwer zu schaffen.«

»Aber er konnte doch nichts dafür, das hat Fröhlich ja selbst gesagt.«

»Trotzdem, so bedrückt habe ich meinen alten Herrn selten gesehen.«

»Richte ihm Grüße von mir aus, ich war bei dem Unfall dabei und habe Herrn Fröhlich Erste Hilfe geleistet, er wird sich nicht an mich erinnern, aber wie er sich anschließend um ihn bemüht hat, finde ich gut.«

»Sie meinen, dass er ihm die Stelle angeboten hat?« Tobias winkte verächtlich ab. »Das hat er nur aus reinem Geschäftsinteresse gemacht, glauben Sie mir. Er hat Angst, dass sein Image als Geschäftsmann wegen des Unfalls leiden könnte, wo doch alle sein Auto in der Zeitung gesehen haben.«

Er verabschiedete sich flüchtig und strebte dem Ausgang zu. Ich blieb noch einen Moment bei den Bildern, um keinen Verdacht zu erregen.

Noch ganz in Gedanken bog ich in die Parkstraße ein, stellte meinen Käfer ab, ging an den Gartenzwergen vorbei ins Haus und erledigte noch einige Schreibarbeit. Dann nahm ich das Fahrrad und fuhr los. Der Fahrtwind kühlte die Schwüle des Spätnachmittags. Mit jedem Kilometer fühlte ich mich freier. Die leichte Steigung forderte mich nicht allzu sehr, reichte aber aus, um ins Schwitzen zu geraten. Nach einer knappen Stunde sah ich die ersten Häuser von Bäringen. Der Anstieg zu Andys Ökohaus – eine letzte Herausforderung.

Die Kinder seien bei einer Schultheateraufführung im Uhlandgymnasium, seine Frau fahre sie gerade hin, käme heute Abend vielleicht noch dazu. Andy führte mich durch das Haus in den Garten, wo Schmidt mit Berger bereits in der Laube saß und das Grillfeuer anpustete. Andy berichtete von seinem Gespräch mit Steffen. Alles halb so wild, meinte er. Sein Sohn habe ihm erklärt, dass man solche Killerspiele wohl kennen müsse, aber der Reiz sei schnell vorbei.

»›Da sitzt du wie der Depp vorm Bildschirm und ballerst wie blöd‹, hat er gesagt und mir versichert, dass er lieber draußen mit Freunden spiele. Ich glaub ihm das auch. Vermutlich beschäftigen sich vor allem kontaktschwache Kinder mit solchen Gewaltfantasien.«

Christian Schmidt bestätigte seine Einschätzung. Noch nie hätten Kinder und Jugendliche so viele Möglichkeiten gehabt, sich durch Sport, Musik, Theater und andere kreative Freizeitaktivitäten auszuleben, ihre Begabungen und Grenzen auszuprobieren und sich im Austausch mit Gleichaltrigen selbst zu erfahren. Bedauerlich sei nur, dass diese Möglichkeiten nicht allen Kindern offenstünden. »Viele sind wirklich alleingelassen. Ich habe Kinder an der Schule, die stehen morgens allein auf, weil die Eltern bis spät abends arbeiten, an der Supermarktkasse oder in der Tankstelle, in der Gastronomie, was weiß ich. Oft kommen sie ohne Frühstück in die Schule, im Winter manchmal ohne warme Sachen. Mittags gibt's was aus der Mikrowelle, dann sollen sie Hausaufgaben machen, aber niemand kümmert sich drum. Wenn die dann vor dem Fernseher oder dem PC herumhängen und schauen, wie sie die Zeit totschlagen, braucht man sich nicht zu wundern. Wir brauchen die Ganztagsschule, aber nicht so, wie sie gegenwärtig besteht. Bei uns können die Kinder an drei Nachmittagen in die Betreuung, aber die Eltern müssen dafür zahlen. Das Angebot wird von einer Elterninitiative organisiert und finanziert. Toll, was die auf die Beine stellen. Aber pädagogisch geschultes Personal können sie nicht bezahlen. Und sozial schwache Familien können sich das trotzdem oft nicht leisten, ebenso wie sie lieber auf einen Kindergartenplatz verzichten, als dafür Gebühren zu zahlen. Erst wenn der Kindergarten kostenfrei und die Ganztagsbetreuung durch pädagogisch geschultes Personal ebenfalls ohne Zusatzkosten allen offensteht, wird sich etwas ändern.«

Andy schenkte Bier nach. »Was meinst du, wie oft wir das im Gemeinderat zur Sprache gebracht haben. Aber die Kommunen haben dafür kein Geld. Sie wären als Schulträger zunächst in der Pflicht. Aber ohne Landeszuschüsse ist das nicht finanzierbar.«

Da würde sich ja jetzt mit der neuen Landesregierung vielleicht etwas ändern, wandte ich ein.

Andy blieb skeptisch. »Möglich, aber alles muss vor Ort durchgesetzt werden. Zunächst bleibt eben alles beim Schulträger hängen.« Bei der Förderung der Gemeinschaftsschule sei das etwas anderes.

»Ob die Eltern das wollen?«, fragte Pfarrer Berger. »Ich kann mir nicht vorstellen, dass Eltern, die ihr Kind auf dem Gymnasium haben wollen, auf die Gemeinschaftsschule vertrauen. Haupt- und Realschule werden vielleicht zusammenwachsen. Der Hauptschule werden nur wenige eine Träne nachweinen. Aber es wird verdammt schwer sein, begabte Kinder in der Gemeinschaftsschule individuell zu fördern. Wenn die Gemeinschaftsschule mit der Brechstange durchgesetzt wird, gibt es einen Aufstand der Eltern am Gymnasium und die Elite-Privatgymnasien für Akademikerkinder werden Hochkonjunktur haben.

Das wäre auch nicht im Interesse von Chancengerechtigkeit.«

Ich erzählte von meinem Besuch im Uhlandgymnasium, erwähnte auch den Auftritt von Heinz Engel, die Tütchen mit dem Brausepulver.

Berger lachte: »Du bist wohl mit deinen Gedanken wieder beim Erpressungsfall?«

Andy machte ein ernstes Gesicht: »Da gibt's nichts zu lachen. Mit solchen Tricks werden Kinder süchtig gemacht und zu neuen Kunden herangezogen. Ich kann mir zwar nicht vorstellen, dass Engel …«

Schmidt hatte bisher ruhig zugehört. Jetzt griff er energisch ein: »Redet keinen Unsinn. Das ist wirklich alles ganz harmlos. Engel war auch bei mir auf dem Schulhof und hat die Kids über UNICEF informiert. Das Brausepulver stammt von Fröhlich. Als er seinen Laden zumachen musste, hat er noch Restbestände gehabt und Engel die beiden Kartons geschenkt.«

»Hat er dir das erzählt? Hast du das auch nachgeprüft?«

Schmidt winkte ab und warf Andy einen spöttischen Blick zu. »Ich verstehe deine Sorgen ja, aber du solltest jetzt nicht den gleichen Fehler machen wie einige von unseren lieben Eltern und gleich den Teufel an die Wand malen.«

»Hast du den Tobias Eberle im Unterricht?«, fragte ich Pfarrer Berger.

Der schien sich über meine plötzliche Frage zu wundern, ließ aber mit der Antwort nicht auf sich warten.

»Tobias kenne ich seit drei Jahren, sowohl aus dem Religionsunterricht als auch aus dem Konfirmandenunterricht. Letztes Jahr habe ich ihn konfirmiert. Ein netter Junge, hochbegabt und sehr interessiert an philosophischen Themen. Genau der Richtige fürs Gymnasium. Auf einer Gemeinschaftsschule wäre der hoffnungslos unterfordert.«

»Bisschen frühreif vielleicht, aber ich mag ihn auch«, sagte Andy. »Seit er mit meiner Lena befreundet ist, kommt er öfters her. Ich glaube, er hat zu Hause Probleme.«

Berger stimmte ihm zu: »Er versteht sich nicht mit seinem Vater. Eberle wollte ihn am liebsten eine Bäckerlehre machen lassen, damit er später mal den Betrieb übernimmt. Jetzt hofft er darauf, dass er nach dem Abitur wenigstens Betriebswirtschaft studieren wird, aber Tobias will später mal irgendwas mit Informatik machen.«

»Mit dem PC kennt er sich aus wie keiner«, sagte Andy. »Als mein PC einen Totalausfall hatte – ein Blitz hatte unser gesamtes Telefonsystem lahmgelegt, einschließlich DSL-Anschluss –, sagte der Kundendienst, da sei nichts mehr zu machen. Auch die Festplatte sei dahin. Der Horror! Tobias setzte sich einen Nachmittag dahinter und der PC lief wieder, keinerlei Datenverlust.«

Pfarrer Berger lächelte mir zu. »Tobias hat ja das Geld im Gartenzwerg deponiert.«

»Unter der Aufsicht der Polizei, die ihn allerdings

bei Dunkelheit und von Weitem beobachtet hatte«, ergänzte ich. »Er war der Einzige, der direkt Kontakt mit den Geldscheinen hatte, bevor sie verschwunden sind.«

»Du meinst, Tobias …?«, Andy lachte. »Der ist doch am nächsten Tag mit seiner Schule nach England gefahren.«

»Eben. Ihr ahnt ja nicht, was ich heute Nachmittag mehr oder weniger zufällig mitbekommen habe.«

»Jetzt mach's nicht so spannend, erzähl!«, Andy sah mich mit gerunzelter Stirn an.

»Also, ich gehe zur Volksbank auf der Kaiserallee wegen meiner Kontoauszüge. Neben mir am Schalter Tobias, er bemerkt mich nicht. Ich überlege gerade, ob ich ihn ansprechen soll, da sehe ich, wie er einen größeren Betrag britische Pfundnoten in Euro umtauscht.«

»Na und?«, fragte Berger, »er wird eben noch was übrig gehabt haben. Sein Vater hat ihm vielleicht zur Sicherheit etwas mehr Geld mit nach England gegeben.«

»Das dachte ich anfänglich auch. Draußen seh ich ihn wieder, wie er auf die Sparda-Bank zugeht. Ich ihm nach. Kaum wieder draußen, steuert er die Sparkasse an. Ich seh ihn beim Schalter für Geldumtausch stehen. Vermutlich hat er überall Pfundnoten umgewechselt und jedes Mal wohl eine ziemlich hohe Summe.«

»Das ist doch reine Spekulation!«

»Aber merkwürdig ist das schon, oder?«

Stille.

»Wenn Tobias wirklich der Erpresser wäre«, sagte Andy schließlich, »dann hätte er nur bei der Deponierung des Geldes die beiden Plastiksäckchen vertauschen müssen. Aber wieso hätte er dann in England das Geld in Pfundnoten umgetauscht?«

»Ich weiß von meiner Kollegin Delbosco, dass die Polizei die Nummern aller Fünfhunderteuroscheine notiert hat. Vermutlich hat das Tobias auch gewusst – oder geahnt. In Tunbridge Wells und Umgebung hat er dann die Geldwäsche vorgenommen. Wahrscheinlich ist er auch nach London gefahren, ist ja nicht so weit entfernt. Vermutlich war er wie in Schoppendorf auf verschiedenen Banken mit kleineren Beträgen, um nicht aufzufallen. Jetzt braucht er bloß noch hier in wohl dosierten Portionen die Pfundscheine zurückzutauschen.«

»Und dabei hast du ihn rein zufällig beobachtet, sonst hätte die Sache perfekt geklappt«, meinte Berger nachdenklich. »Wenn das stimmt, dann wäre das ein dicker Hund! Aber wieso macht er das?«

»Das sollten wir ihn persönlich fragen«, meinte Andy. »Ich denke, ich könnte das einfädeln. Allerdings wäre es mir recht, wenn ihr beide dabei wärt.«

Als die Sonne hinter dem Tal untergegangen war, machte ich mich auf den Heimweg. Die Strecke ging leicht bergab und der Nachtwind strich kühl über Stirn, Arme und Beine. Nach den pädagogischen Fachsimpeleien und den Spekulationen über Engel und Tobias war der Abend doch noch recht lustig geworden. Keiner hatte nach meinem Artikel gefragt, was ich ihnen hoch anrechnete. Beim Abschied hatte ich kurz erwähnt, dass morgen oder übermorgen was über den Schulskandal in Bäringen in der Zeitung stünde. Sie sollten sich überraschen lassen, hatte ich augenzwinkernd hinzugefügt. Von meinem Vorstellungsgespräch beim Fernsehen sagte ich nichts. Andy kündigte an, er würde sich kurzfristig telefonisch melden, wenn Tobias mit Lena wieder Mathe büffelte. Vielleicht schon morgen. Nächsten Montag stünde eine Mathearbeit an.

FREITAG, 7. JUNI

So gegen halb drei rief mich Andy auf dem Handy an. Tobias sei heute Nachmittag ab 15 Uhr bei Lena. Ob ich Zeit hätte. Pfarrer Berger käme ebenfalls, es könnte bei ihm auch gegen halb vier werden. Diesmal nahm ich den Wagen. Mit jedem Kilometer, der mich Bäringen näher brachte, wurde ich nervöser. Was, wenn mein Verdacht sich in Luft auflöste? Hätte Tobias so unbefangen in der Sparkasse ein Gespräch mit mir begonnen, wenn er etwas mit der Erpressung zu tun hätte? Oder wollte er nur herausfinden, ob ich Verdacht geschöpft hatte?

Lena und Tobias seien oben, sagte Andy, als er mich hereingebeten hatte. Pfarrer Berger war schon da. Wir nahmen in der Sitzgruppe in Andys großer Wohndiele Platz – mit Blick auf die Treppe.

»Er kann uns nicht entkommen«, witzelte Andy.

»Wenn sich die Geschichte als Irrtum herausstellen sollte, haben wir ein Problem«, begann Berger.

»Das hätten wir auch, wenn Tobias alles abstreitet«, sagte Andy.

»Ich fürchte, wir haben erst recht ein Problem, wenn er alles zugibt«, gab ich zu bedenken. »Wir brauchen eine Strategie.«

»Aber welche?«, fragte Andy.

Berger antwortete: »Es bleibt uns nichts anderes übrig, als ihm ins Blaue hinein die Erpressung auf den Kopf zuzusagen.«

»Und wenn wir mit unserer Vermutung recht haben?«

Wir waren uns schnell einig darüber, dass die Sache nicht als Dummer-Jungen-Streich abgetan werden könnte. Andererseits war Tobias erst 15, und der Fall hatte sich in der Familie abgespielt. Könnte man also nicht versuchen, ihn als Familienangelegenheit einzustufen? Sollten oder mussten wir die Polizei hinzuziehen? Andy schlug vor, wenn irgend möglich, die Sache zunächst ohne Polizei anzugehen. »Er gibt das Geld zurück, entschuldigt sich, bekommt eine deftige Strafe von seinem Vater und Schluss.«

»Die Polizei ermittelt seit Wochen, und zwar ziemlich aufwendig. Ich glaube nicht, dass man das so einfach übergehen kann.«

»Ich weiß nicht, ob er sich gleich der Polizei stellen soll? Überfordern wir ihn da nicht?«

Berger schüttelte den Kopf. »Wenn Tobias den Erpresser gespielt hat, dann gehört es auch dazu, dass er die Konsequenzen spürt.«

In diesem Augenblick kamen Lena und Tobias die Treppe herunter.

»Papi, wir gehen schnell rüber zu Daniela«, rief Lena.

»Geh du mal allein«, beeilte sich Andy, »wir müssen kurz mit Tobias reden.«

»Wieder ein Problem mit deinem Rechner?« Zu Tobias sagte sie: »Also in einer halben Stunde bin ich wieder da.«

»Setz dich doch zu uns.« Andy deutete auf den noch leeren Sessel und wartete, bis Lena das Haus verlassen hatte. Tobias schaute inzwischen Berger, dann mich an und schien in Sekunden die Lage eingeschätzt zu haben. Seine Miene verdüsterte sich, er verschränkte die Arme und wartete.

»Du wirst es kaum glauben«, begann Andy, »aber wir haben gerade den Erpressungsfall gelöst.«

Tobias gab sich gelassen. »Und darüber wollen Sie jetzt mit mir reden?«

»Du hast den Nagel auf den Kopf getroffen«, sagte Berger. »Wir wissen jetzt, bei wem sich das Geld befindet und welche verschlungenen Wege es genommen hat. Das war ganz schön raffiniert.«

Tobias schien nervös zu werden. Seine Augen zuckten kurz, er atmete tief durch.

Berger schaute zu mir, und ich verstand. »Ich habe zufällig mitbekommen, wie du in der Volksbank einen größeren Betrag Pfundnoten umgetauscht hast und dann in der Sparda-Bank und anschließend in der Sparkasse«, schaltete ich mich ein.

»Sie haben mir nachspioniert«, rief Tobias aufgebracht, »wusst ich's doch!«

»Du hast keinen Grund, so empört zu reagieren«, warf Berger betont ruhig ein. »Wir haben uns getroffen, um mit dir zu besprechen, was jetzt geschehen soll.

Aber wir können auch, ohne vorher mit dir geredet zu haben, zur Polizei gehen. Du hast jetzt die Wahl.«

Seine Antwort klang, als ob er sich die Worte im Vorhinein schon zurechtgelegt hätte: »Die Polizei kann mir gar nichts beweisen. Ich habe mein Taschengeld aus Sicherheitsgründen auf verschiedene Banken verteilt und deshalb dort jeweils ein paar Pfundnoten gewechselt und eingezahlt.«

War das bereits als Schuldeingeständnis zu bewerten? Oder waren wir schon am Ende mit unserem Latein? Wir konnten ihm immer noch nichts nachweisen!

Berger blieb ruhig. »Die Polizei wird nicht lange brauchen, die besagten Fünfhunderteuroscheine im Umkreis von Tunbridge Wells aufzuspüren. Da genügen ein paar Anrufe. Die Nummern aller Scheine wurden vorher notiert. Wenn einer der Scheine gefunden wird, wird sich die Beweiskette schnell schließen. Außerdem müsstest du der Polizei erst mal erklären, wie du plötzlich zu 10.000 Euro auf deinen Sparbüchern kommst.«

Um ihn weiter unter Druck zu setzen, behauptete ich aufs Geratewohl: »Und dann hat die Polizei deine Fingerabdrücke auf dem Plastiksäckchen sichergestellt, auf der Gartenzwergkarte übrigens auch.«

Tobias blickte von Andy zu mir, dann zu Berger. Seine Hände auf den Knien begannen zu zittern. Was mochte jetzt in ihm vorgehen, dachte ich, gespannt auf seine nächste Reaktion. Gleich würde sich entscheiden, ob wir die Sache richtig eingeschätzt hatten oder die Kontrolle über unser Vorgehen verlieren würden.

Tobias stand auf. Er war leichenblass geworden. Einen Moment blickte er unschlüssig ins Leere. Wollte er davonlaufen, den zu Tode Beleidigten spielen? Dann blickte er uns schweigend an. Da war ich mir sicher. Wir hatten mit unserem Verdacht recht. Es war nur mehr eine Frage von Sekunden, bis Tobias zu seiner Entscheidung gefunden hätte. Und tatsächlich fiel plötzlich sein bislang trotziger Gesichtsausdruck in sich zusammen. Er sank auf seinen Sessel zurück und sagte tonlos: »Ich war's.«

Stille.

Als ob er jetzt die Folgen seines Geständnisses begreifen würde, setzte er verzweifelt hinzu: »Mein Vater schlägt mich tot, wenn er das erfährt.«

Berger fixierte ihn mit anhaltendem Blick, als ob er ihn in seinen Bann ziehen wollte, sodass ich mir plötzlich nur noch als Zuschauer vorkam. Andy mochte es ähnlich gehen. Das stumme Geschehen spielte sich jetzt nur noch zwischen den beiden ab. Tobias hielt seinem Blick stand. Seine verzerrten Gesichtszüge lösten sich, als ob eine schwere Last von ihm abgefallen wäre. Er schien sich in die neue Situation zu ergeben.

Berger redete ihm mit sanfter Stimme zu: »Jetzt übertreib mal nicht, aber bleiben wir zunächst bei deinem Geständnis. Du hast dich dazu durchringen können. Das war ein erster wichtiger Schritt.« Nach einer kurzen Pause wechselte er seine Stimmlage und fragte

Tobias fast wie nebenbei: »Wie bist du denn auf diese blöde Idee gekommen?«

Tobias schlug die Hände vors Gesicht. Eine Zeit lang schwieg er, unterdrückte ein Schluchzen, dann brach es aus ihm heraus: »Mein Vater hat so viel Geld, dem machen 10.000 Euro mehr oder weniger doch nichts aus. Ich hab mich verzockt und muss meine Schulden abbezahlen, sonst bringen die mich um.«

»Beim Spielen verzockt?«

»Poker mit Facebook-Freunden«, gab Tobias kläglich zu. »Die machen mich fertig, wenn ich nicht zahle. Angedroht haben sie es schon.«

»Feine Freunde! Hättest du nicht mit deinen Eltern darüber reden können?«

»Sie kennen meinen Vater nicht«, schluchzte Tobias verzweifelt.

»Und was jetzt?«, fragte Andy.

Tobias zuckte hilflos die Schultern und versuchte weitere Tränen zu unterdrücken.

»Also hör mal zu«, sagte Berger. »Ich mach dir einen Vorschlag. Du kommst heute Abend zu mir ins Pfarrhaus und wir überlegen gemeinsam die nächsten Schritte. Wir sprechen alles durch – in Ruhe. Eines sollte dir jetzt schon klar sein. Polizei und Jugendgericht werden dir nicht erspart bleiben, das ist die eine Sache, aber was du deinen Eltern mit dieser Geschichte angetan hast, wiegt mit Sicherheit noch schwerer.«

Andy warf Tobias einen finsteren Blick zu: »Deinen Großonkel, Clemens Sauter, der tagelang Hauptverdächtiger war, dürfen wir auch nicht vergessen. Da hast du auch noch was gutzumachen.«

»Und du bist es gewesen, der Heinz Engel das Rattengift in den Rucksack geschoben hat, um den Verdacht auf einen Unschuldigen zu lenken«, warf ich ein. »Außerdem hast du den Einbruch im Schuppen begangen und mir und Frau Delbosco Drohbriefe geschrieben.«

Tobias schaute erschrocken auf, schien langsam die Dimensionen seiner Tat zu erkennen, zu begreifen, dass aus Spiel ernste Wirklichkeit geworden war.

Pfarrer Berger warf uns einen Blick zu, der um Zurückhaltung bat, und fuhr fort: »Über deine sauberen Poker-Freunde und deine Schulden und wie du damit fertig werden sollst, müssten wir uns anschließend Gedanken machen.«

»Junge, Junge«, sagte Andy, »hast du ein Glück, dass Pfarrer Berger so viel Hilfsbereitschaft aufbringt.«

Tobias begann langsam seine Fassung zurückzugewinnen. »Danke«, sagte er leise. »Kann ich jetzt gehen?«

»Willst du nicht auf Lena warten?«, fragte Andy.

»Ich muss jetzt allein sein«, antwortete Tobias, versuchte zu lächeln, etwas gezwungen, aber doch erleichtert und wankte zur Tür.

»Einen Augenblick«, rief ich ihm nach.

Tobias blickte düster zurück.

»Woher hattest du den Kugelschreiber, den du im Schuppen ausgelegt hast?«

»Den hat mir Lena geschenkt, die hat noch ein paar davon vom Schulprojekt«, sagte er, wich meinem vorwurfsvollen Blick aus und öffnete die Haustür.

»Können wir ihn so einfach gehen lassen?«

Berger zwinkerte mir selbstsicher zu und antwortete: »Ich bin mir sicher, heute Abend steht er vor meinem Pfarrhaus, und zwar mit dem Geld, das er noch bei sich hat, und seinen Sparbüchern.«

Als Tobias gegangen war, sahen wir uns betroffen an. »Er ist doch noch ein halbes Kind«, murmelte Andy.

»Mit bemerkenswerter krimineller Energie«, gab ich zu bedenken. »Woher er die bloß hat? Der Apfel scheint nicht weit vom Stamm gefallen zu sein.«

»Ironische Sprüche helfen uns jetzt auch nicht weiter«, wies mich Berger zurecht. »Eine Antwort auf deine Frage, woher er das hat, kann ich dir trotzdem geben. Besteht nicht unsere tägliche Fernsehunterhaltung aus solchen Geschichten? Von den Computerspielen, mit denen sich unsere Kinder sonst beschäftigen, ganz zu schweigen.«

»Zwischen Spiel und Wirklichkeit ist aber doch ein Unterschied«, widersprach Andy.

»Der in bestimmten Situationen mehr und mehr zusammenschrumpft. Jedenfalls ist unsere Gesellschaft mit ihren manchmal recht merkwürdigen Gewohnheiten nicht ganz unschuldig an solchen Auswüchsen.«

»Nun hör aber auf«, ereiferte sich Andy, »du kannst

doch nicht alle Krimi-Fans zu potenziellen Verbrechern abstempeln.«

»Das habe ich nie behauptet. Ich mache mir trotzdem Gedanken über diese Inflation von Tatort-Sendungen, und was die neuen PC-Spiele angeht, da liegen Fiktion und Realität nah beieinander. Aber auch diese Überlegungen bringen uns nicht weiter. Jetzt heißt es, nüchtern zu überlegen: Was sollen wir mit seinem Geständnis anfangen? Wir haben ihm gegenüber Verantwortung übernommen, als wir ihn dazu gebracht haben, sich uns anzuvertrauen.«

»Versuchen wir die Sache einmal objektiv zu beschreiben«, unterstützte ich Berger. »Tobias hat sich durch sein Glücksspiel mit zweifelhaften Freunden in eine ihm ausweglos erscheinende Situation gebracht und keine andere Lösung gesehen, als durch die Erpressung seines Vaters an die geforderte Summe zu kommen. Dass das der falsche Weg war, scheint er begriffen zu haben und er hat sich gerade eben offen gezeigt, sich seiner Tat zu stellen. Dann wird er jetzt auch die richtigen Schritte tun.«

»Dein Wort in Gottes Ohr«, meinte Berger.

»Er hat sich bei uns bedankt, ist dir das entgangen?«

»Er ist 15, solche Glücksspiele sind verboten! Das ist Verführung Minderjähriger!«, ereiferte sich Andy.

»Du magst ja recht haben«, antwortete ich ihm, »juristisch gesehen. Aber für Tobias sind die Drohungen seiner Facebook-Freunde Wirklichkeit. Für ihn gibt es nur einen Ausweg: Sein Vater bezahlt, aber weil er Angst vor ihm hat, kommt er auf die Idee mit der Erpressung.«

Berger antwortete nachdenklich. »Das wäre mir zu einfach gedacht. Tobias hat sich davor gescheut, seinen Eltern im richtigen Augenblick die Wahrheit zu sagen, nämlich spätestens als seine Spielpartner ihm gedroht hatten. Das war feige, und die Idee, die Erpressung durchzuführen, erbärmlich. Das muss ihm deutlich werden. Man könnte ihm zwar zugutehalten, dass sein Vertrauensverhältnis zu seinem Vater gestört ist, was sicher auch etwas mit dem Verhalten Eberles seinem Sohn gegenüber zu tun hat. Aber was Tobias angestellt hat, muss er allein verantworten und für die Folgen einstehen. Wenn uns etwas an ihm liegt, müssen wir ihn dazu bringen, das einzusehen.«

Andy nickte zerstreut. Man sah ihm an, dass es in ihm arbeitete. »Also zuerst das Gespräch mit seinen Eltern.«

»Ich werde dabei sein«, sagte Berger, »gerade weil mir an einer intensiven Auseinandersetzung zwischen Tobias und seinem Vater liegt. Ich hoffe, seine Mutter nimmt ihn nicht gleich in Schutz. Auch darauf muss ich achten. Vor einer Versöhnung zwischen Vater und Sohn muss es ordentlich krachen. Wenn das durchgestanden ist, käme die Sache mit der Polizei, die Tobias wochenlang zum Narren gehalten hat. Den Kommissar milde zu stimmen, wird vermutlich die schwierigste Aufgabe werden. Und erst das Jugendgericht! Wie die Polizei dem gegenüber den Fall beurteilt, wird entscheidend sein.

»Und wie willst du das angehen?«

»Ich muss einen Weg finden, wie ich nach dem großen Krach das Gespräch lenken kann, damit der Familienfrieden wieder möglich wird. Eberles lieben ihren Jungen, das weiß ich. Und vielleicht ist der Vater nach dem Unfall, bei dem er Fröhlich angefahren hat, sogar leichter zugänglich.«

»Na, da hast du aber was vor.« Andy schien von Bergers Konzept noch nicht überzeugt.

»Ich bin Gemeindepfarrer.«

Auch ich staunte über Bergers geradlinigen Weg. »Und was Tobias angeht, du bist dir sicher, dass er mitspielen wird?«

»Ich spüre, dass ich das Vertrauen des Jungen habe.«

Ich war mir da nicht so sicher, gab aber zu: »Er ist intelligent genug einzusehen, dass er gar keine andere Wahl hat, als auf dein Angebot einzugehen.«

»Und seine Spielschulden?«, warf Andy ein.

Berger winkte ab. »Das ist sicher das geringste Problem. Die Polizei wird sich mit diesem unerlaubten Glücksspiel befassen. Da wird keiner mehr Forderungen an ihn richten. Die werden froh sein, wenn sie glimpflich aus der Sache herauskommen. Was mir die meisten Sorgen macht, ist das Gespräch mit Kommissar Böckle. Ich hoffe, ich kann Eberle davon überzeugen, dass er mitgeht und sich hinter seinen Sohn stellt.« Er machte eine kurze Pause und sagte dann: »Gut, dass die Polizei Geheimhaltung gefordert hat. Stellt euch mal vor, was los wäre, wenn wochenlang in Bäringen und Schoppendorf über die rätselhafte Erpressung geredet worden wäre. Auch das muss ich Eberle klarmachen. Es ist in seinem ureigensten Interesse, wenn wir den Ball jetzt flach halten. Wenn er Glück hat, ist für ihn der drohende Skandal um Rattengift in seiner Brezelfabrik vom Tisch.«

»Rita! Ich muss sie gleich anrufen!«, unterbrach ich ihn. »Die wartet doch nur darauf, dass sie über den Erpressungsfall berichten kann!«

Ich drückte ihre gespeicherte Nummer, wenige Sekunden später meldete sie sich.

»Weißt du, was du von mir verlangst?«, brüllte sie ins Telefon, nachdem ich ihr die neuesten Entwicklungen geschildert hatte. »Ganz Bäringen wird darüber lachen, denn so eine Geschichte spricht sich in Windeseile rum. Bloß das *Echo* soll darüber nichts berichten? Wie soll ich das dem Chef beibringen?«

»Das wird nicht so schwer sein. Er wird sogar froh sein, dass er dich bisher im Fall Eberleerpressung zum Schweigen verdonnert hat. An einem Streit mit Eberle, dem wichtigsten Steuerzahler von Bäringen, sind er und seine Familie sicher nicht interessiert. Aber sprich auch mit Nora«, schlug ich ihr vor. »Ich werde sie gleich anrufen und schonend darauf vorbereiten, dass ihr Einfluss auf den Juniorchef wieder mal gefragt ist.«

Pause.

»Tu mir den Gefallen, bitte!«

Pause.

Schließlich brummte Rita: »Ich versuch's. Ich bin die ganze Sache sowieso leid. Aber dafür hab ich was gut bei dir!«

SAMSTAG, 8. JUNI

Während meiner Fahrt im Personennahverkehrszug nach Stuttgart hatte ich das Gefühl, auf der Flucht zu sein. Ich nahm die neue Ausgabe des *Schoppendorfer Echos* aus meiner Mappe und suchte meinen Artikel. Nora hatte ihn tatsächlich auf die erste Seite des Regionalteils lanciert, groß aufgemacht mit einem Schnappschuss von Andy aus einer öffentlichen Gemeinderatssitzung.

Ich überflog ihn zum x-ten Mal, dachte daran, dass eben zu dieser Zeit die Bäringer und Schoppendorfer am Frühstückstisch ihre Zeitungen aufschlugen, meine Schlagzeile entdeckten – »Angeblicher Schulskandal in Bäringen entpuppt sich als Sturm im Wasserglas« – und sich in meinem Text festlasen. Ich stellte mir die Gesichter von Dörthe Eisenbrey, Gotthilf Schäuffele und Sabine Harsch vor, versuchte mir den Krach zwischen Nora und Malte Eisenbrey in der Redaktion auszumalen. Wie hatte wohl Rita reagiert, als sie meinen Text gelesen hatte? Entsetzt? Erstaunt? Mit heimlicher Schadenfreude? Christian Schmidt und Andy Schwab waren wohl zufrieden mit mir, und vielen Eltern in Bäringen würde der Artikel sicher auch gefallen. Was erwartete mich am Montag? Sollte ich überhaupt noch einmal in der Redaktion erscheinen?

Der Bahnhof war von Stuttgart-21-Gegnern umzingelt. Schon vor Jahren hatten Tausende versucht, den Abriss des historischen Gebäudes zu verhindern. Als sich eine deutliche Mehrheit in der Volksabstimmung für den Neubau ausgesprochen hatte, schien der verzweifelte Protest zunehmend tragische Züge zu bekommen. Nun explodierten die Kosten, das Projekt stand vor dem Ende, aber die uralten Parkbäume waren gefällt und der Nebenflügel abgerissen. Die Polizei hielt für die werten Fahrgäste der Deutschen Bahn eine Passage frei. Ich nahm ein Taxi zum Funkhaus.

Auf dem Tisch des stellvertretenden Intendanten lag das *Schoppendorfer Echo*.

»Da haben Sie aber kräftig zugelangt«, begrüßte er mich mit einem fröhlichen Lachen. »Mir imponiert das. Kein lauwarmer Gefälligkeitsjournalismus. Etwas holzschnitthaft, aber eindeutig, klare Aussage, präziser Stil. Ich habe auch Ihren ersten Artikel gelesen. Hat mir auch gut gefallen, aber das hier«, er klopfte zur Bekräftigung mit dem Handrücken auf das Blatt, »das hier hat eine andere Klasse. Nora hat uns nicht zu viel versprochen.«

Er wurde gleich konkret. Wie ich mir die Arbeit in der politischen Redaktion des SWR vorstelle? Ob ich auch bereit wäre, Berichterstattung vor Ort durchzuführen?

»Wir brauchen junge, couragierte, selbstbewusste Journalisten, die kein Blatt vor den Mund nehmen und auch mit Politikern Klartext reden können.« Über

Finanzielles sollte ich mit dem Personalchef verhandeln. »Nur keine falsche Bescheidenheit!«, fügte er jovial hinzu. Eine Wohnung für den Übergang stünde für mich bereit. Wann ich denn bei ihnen einsteigen könnte?

Ich fühlte mich großartig, versuchte meine Begeisterung nicht zu überschwänglich zum Ausdruck zu bringen, versicherte, mein bisheriger Arbeitgeber würde mir sicher keine Steine in den Weg legen, nächste Woche könnte ich anfangen.

Noch im Zug nach Schoppendorf entwarf ich mein Kündigungsschreiben auf der Rückseite meines Einladungsbriefs zur Vorstellung beim *Schoppendorfer Echo*, den ich im Jackett meines guten Anzugs gefunden hatte.

MONTAG, 10. JUNI

Am Vormittag machte ich mich auf den Weg in die Redaktion. Rita hing in ihrem Schwinger wie ein Häufchen Elend. Der Chef hätte sie zur Schnecke gemacht. Was mir eingefallen sei, sie so zu enttäuschen – und das, nachdem sie mir im Fall Eberle so weit entgegengekommen sei. Ich hätte wohl ein Faible für selbstmörderische Aktionen. »Nora Martini hat dich als Werkzeug missbraucht. Verantwortungslos! Aber du kannst doch nicht so naiv sein, darauf zu hoffen, dass sie deinen Rauswurf verhindern könnte? Der ist so sicher wie das Amen in der Kirche.«

Ich hörte ihr schmunzelnd zu, was sie noch mehr in Rage brachte.

»Leichtsinn, nichts als jugendlicher Leichtsinn ist das!«, donnerte sie.

Ich konterte: »›Der Leichtsinn ist ein Schwimmgürtel für den Strom des Lebens.‹ Ludwig Börne, Urvater des kritischen Journalismus.«

»Auch ein Spaßvogel kann es so weit treiben, dass er fliegt, das sagt Rita Delbosco mit dem untrüglichen Sinn für das Kommende. Dir werden deine klugen Sprüche schon noch vergehen. Der Chef erwartet dich.«

Malte Eisenbrey empfing mich mit eisiger Freundlichkeit, wies auf einen Stuhl gegenüber seines Schreibtisches. Er wisse Bescheid, welches Spiel ich mit Nora Martini hinter seinem Rücken getrieben hätte. Ich hätte sein Vertrauen gründlich missbraucht und sicher Verständnis dafür, dass unter diesen Umständen eine weitere Zusammenarbeit mit mir nicht zumutbar sei. »Sie haben uns vor der eigenen Leserschaft unmöglich gemacht. Mein Vater ist außer sich. Glauben Sie ja nicht, dass Sie Schmidt damit einen guten Dienst erwiesen haben. Das können wir so nicht stehen lassen.«

Ich lächelte bemüht freundlich und antwortete: »Was die Fortsetzung meines Arbeitsverhältnisses beim *Schoppendorfer Echo* angeht, gebe ich Ihnen völlig recht. Auch ich möchte mir keine weitere Zusammenarbeit mit Ihrem Blatt zumuten. Gerade darüber wollte ich mit Ihnen sprechen.« Ich reichte ihm mein Kündigungsschreiben über den Tisch, das er überflog und wortlos zur Kenntnis nahm. »Nächste Woche fange ich beim SWR an, als Journalist für die Landespolitik. Vielleicht treffen wir ja bald wieder zusammen?«

Das Gespräch beendete diesmal ich, indem ich aufstand und ihm zum Abschied die Hand hinstreckte, was er geflissentlich übersah.

Ich räumte meinen Schreibtisch, wollte mich von Rita verabschieden, aber ihr Büro war verschlossen. In meinem Postfach fand ich eine Karte von Nora. Als ich sie las, beschlich mich ein Hauch von Rührung.

»Gratuliere zum neuen Job! Dein Artikel war übrigens ausgezeichnet! Was die Bäringer Schule angeht, darum werde ich mich kümmern, wenn sich die Gewitterwolken in der Chefetage verzogen haben. Deine Schoppendorfer und Bäringer Freunde wollen sich mit einer Abschiedsparty bei dir bedanken. Heute Abend um acht bei mir!

Herzliche Grüße

Nora«

Ein letztes Mal brauste ich mit meinem Käfer aus der Tiefgarage des Echohochhauses und fühlte mich unglaublich erleichtert. Ich fuhr noch einmal die Straße durch die Weinberge zum Schönbühl hinauf und genoss die Aussicht auf die Stadt, die im blauen Dunst vor mir lag.

Zwischen den Hochhausriesen suchte ich den Turm der Michaelskirche, die Kaiserallee und das Echohochhaus, ließ den Blick in die Ferne schweifen. Ich hatte in der kurzen Zeit die Stadt trotz allem lieb gewonnen und war mir sicher, dass ich nicht das letzte Mal auf dem Schönbühl stand.

Frau Eisele dankte mir wortreich und mit einem extra für mich gebackenen verschlupften Apfelkuchen. Denen hätte ich es aber ordentlich gegeben. Das wäre längst einmal fällig gewesen. Ich erzählte ihr von der Kündigung, meiner neuen Aufgabe beim SWR.

Sie schlug die Hand vor den Mund und flüsterte andächtig: »Dann seh' ich Sie ja bald im Fernseha!« Ihre Miene trübte sich aber ein, als sie bemerkte: »Dann werdet Sie aber wahrscheinlich wegzieha, ach isch des schad.«

MITTWOCH, 13. JUNI

Viel gab es nicht zu packen, ein Koffer nach vorn unter die Haube, einer hinter die Rücksitzbank, die Taschen hinter Fahrer- und Beifahrersitz. Während ich meine Siebensachen zusammensuchte, dachte ich an die Abschiedsparty bei Nora.

Sie hatte Andy Schwab und seine Frau eingeladen, ihre Physiotherapeutin und deren Tochter, die Elternbeiratsvorsitzende Helen Mattes mit ihrem Mann, Clemens Sauter, Heinz Engel und Rita, die sich von ihrem Schock wieder erholt hatte.

Christian Schmidt hatte leider abgesagt, es sei besser so, wegen der Schule. Er wolle nicht, dass ihm vorgeworfen würde, er habe etwas mit dem Artikel zu tun gehabt oder ihn gar veranlasst. Aber er ließ mir herzliche Grüße ausrichten. Andy hatte dafür Pfarrer Berger mitgebracht, nachdem er Nora versichert hatte, der dürfte bei meinem Abschied einfach nicht fehlen.

Rita nahm mich nach dem Abendessen beiseite und sprach mir ihre Anerkennung aus: »Seit deinem Artikel vorgestern gibt es eine Flut von Leserbriefen, fast überall Zustimmung, nur ganz wenige, die sich empört über deine angeblich unqualifizierte Darstellung äußern, und aus welcher Ecke die kommen, kannst du dir sicher ausmalen. Das kann das *Echo* nicht alles unterdrücken. Die Leserbriefe habe ich gleich an den Chef weitergeleitet. Der hat jetzt was zu tun. Susanne lässt dich grüßen. Sie ist ganz nachdenklich geworden. Ich soll dir ausrichten, sie steht jetzt voll hinter dir. Du hast uns allen eine deftige Lektion erteilt. Und was die Erpressungsgeschichte betrifft, den Fall hast du mit Bravour gelöst.«

»Nicht allein, ohne dich, die Bäringer Freunde und Kommissar Zufall wären wir jetzt auch nicht weiter.«

»Wie der Junge das perfekt vorbereitet und durchgezogen hat, ein sauberes Früchtchen!«

»Wie im Krimi der täglichen Fernsehunterhaltung«, schmunzelte ich.

Mit Andy, Clemens Sauter und Pfarrer Berger stand ich anschließend bei einem Glas Sekt zusammen.

»Tobias hat sein Gespräch mit Vater Eberle gestern Abend hinter sich gebracht. Es war nicht einfach, aber wir haben es ganz gut hingekriegt, jedenfalls sind beide noch am Leben«, berichtete Pfarrer Berger. »Heute Morgen waren wir zu dritt bei der Polizei, das war schon schwieriger. Die haben ihm gründlich den Kopf gewaschen und Eberle gesagt, sie könnten nicht so ohne Weiteres das Verfahren einstellen. Als die beiden draußen waren, habe ich Böckle noch nach den Brausetütchen gefragt. Es war wirklich nur Brause. Er will aber ein ernstes Wort mit Engel reden, dass er in Zukunft solche Aktionen unterlässt. Kinder schlucken alles, hat er gemeint, und so hätte er, ohne es zu wollen, den Drogendealern in die Hände gespielt. Zu Hause hab ich dann die Jugendrichterin angerufen. Die war zunächst alles andere als kooperativ. Das alles sei nicht so einfach, so wie ich mir das vorstelle, hat sie gesagt, aber nach einer halben Stunde Überzeugungsarbeit hat sie mir versprochen, sie schaut, was sich machen lässt. Sie würde sich den Jungen mal vorknöpfen. Jetzt liegt es an Tobias, bei ihr einen guten Eindruck zu hinterlassen. Wenn wir Glück haben, könnte die Sache bald in trockenen Tüchern sein.« Er nahm einen Schluck und setzte verschmitzt hinzu: »Vielleicht gelingt es mir, die gute Frau davon zu überzeugen, dass Tobias die gemeinnützige Arbeit, zu der er ja wohl in jedem Fall verdonnert wird, in unserer Kirchengemeinde ableistet – ich könnte einen computererfahrenen Mitarbeiter für meine Pfarrbriefe bestens brauchen. Ich hab auch schon mal bei ihm und Lena vorgefühlt. Er wäre begeistert und würde die Pfarrbriefe auch austragen.«

»Lena hat die Sache erstaunlich wenig erschüttert«, berichtete Andy, »für mein Empfinden betrachtet sie, was geschehen ist, etwas zu gelassen. Bei *dem* Vater wäre sie auch auf solche dummen Gedanken gekommen, sagt sie. Na ja, ich nehm's mal als Kompliment. Beim Austragen der Pfarrbriefe will sie Tobias helfen – als Gegenleistung für die Mathe-Nachhilfe.«

»Der Junge hat uns ganz schön ins Schwitzen gebracht«, meinte Clemens Sauter, der zu uns getreten war.

Und sein Begleiter Heinz Engel ergänzte kryptisch: »Jeder Tag ist gleich lang, aber verschieden breit.«

Wir sahen ihn einen Augenblick ratlos an.

»In so wenigen Tagen ist so viel passiert«, erklärte er grinsend.

Sauter stimmte ihm zu: »Endlich was los in diesem Nest, auch wenn wir zwei dabei wieder mal die Dummen waren.«

Nora wünschte mir, als die anderen schon gegangen waren, mit feuchten Augen alles Gute und wenn ich ein Problem hätte, dann wüsste ich ja, dass ich mich jederzeit … Sie schnäuzte in ihr Taschentuch, als ihr die Stimme versagte, und reichte mir ein Abschiedsgeschenk in rosageblümtem Seidenpapier. »Auspacken!«, forderte sie ultimativ. Es war eine antiquarische Ausgabe von Heinegedichten in rot-goldenem Ledereinband aus dem Jahre 1848. Ich schlug die Titelseite auf und las die Widmung:

»›Lebensklugheit bedeutet, alle Dinge möglichst wichtig, aber keins völlig ernst zu nehmen.‹ Arthur Schnitzler

Meinem lieben jungen Freund Nils Niklas zum Andenken an seine kurze, aber erfolgreiche Zeit beim *Schoppendorfer Echo*

Nora.«

Ich dankte ihr etwas verlegen, da ich nichts für sie hatte. Sie schüttelte den Kopf. Mein Artikel sei ihr größtes Geschenk. »Malte und der Alte haben jetzt Zeit, die Sache zu verdauen, und hoffentlich ziehen sie daraus die richtigen Konsequenzen.«

Nach dem Frühstück, bevor sie zum Friseur ging, hatte mir Frau Eisele gute Reise und viel Glück für den Neuanfang beim Fernsehen gewünscht. Sie wollte meine Hand nicht loslassen, und ich musste ihr versprechen, sie bald wieder zu besuchen.

Ich balancierte ihren restlichen Apfelkuchen, den sie sorgfältig in Alufolie verpackt hatte, auf die Rücksitzbank und suchte bei den Gartenzwergen im Rosenbeet einen Platz für mein Abschiedsgeschenk.

Als ich aus der Hauseinfahrt in die Parkstraße bog, winkte mir Frau Merkel zum Abschied.

ENDE

WILDIS STRENG
Dorftheater

978-3-8392-1758-0 (Paperback)
978-3-8392-4779-2 (pdf)
978-3-8392-4778-5 (epub)

»Zwischen Weihnachtsstress, Schneematsch und Winterromantik lauert ein dunkles Geheimnis.«

Die Mitglieder der Altenmünsterer Theatertruppe proben für ihr diesjähriges Stück »Dorftheater«. Der Star der Truppe, Bezirksschornsteinfeger Dominik Winter, trinkt auf der Bühne noch einen Schnaps. Am Morgen darauf findet man ihn in den Kulissen – mausetot und mit einem Nagel im Hirn. Sofort nehmen die Kommissare die Schauspieler ins Visier, die allesamt verdächtig erscheinen. Als sich jedoch herausstellt, dass Dominik beruflich Dreck am Stecken hatte, wird klar, dass nicht nur seine Bühnenkollegen ein Motiv haben.

RALF WAIBLINGER
Bärenklau

978-3-8392-1750-4 (Paperback)
978-3-8392-4763-1 (pdf)
978-3-8392-4762-4 (epub)

»Ex-Kommissar Bösenschreck ermittelt auf eigene Faust und gerät ins Fadenkreuz von Polizei, feiner Gesellschaft und Unterwelt.«

Gefangen in einer Zweckehe in der feinen Gesellschaft, flieht Ex-Kommissar Bösenschreck – ein Hund – aus seinem goldenen Käfig, als der Familienschatz seines Vaters entwendet wird. Durch einen Mord wird aus dem vermeintlichen Diebstahl eine Affäre von enormem öffentlichen Interesse. Bösenschrecks unkonventionelle Ermittlungen machen den Wadenbeißer selbst zum Gejagten. Gelingt es ihm, die Übeltäter zu entlarven und sich aus der Schusslinie zu bringen?

MARK STICHLER
Gasgeschäfte

978-3-8392-1745-0 (Paperback)
978-3-8392-4752-5 (pdf)
978-3-8392-4753-2 (epub)

»Von der Recherche in die Leichenhalle«

Aus dem Neckar wird die Leiche von Enzo Fischer gezogen. Der Tote war ein stadtbekannter Trinker und Störenfried. Rocco Marino, Hauptkommissar der Ludwigsburger Kriminalpolizei, vermutet zunächst einen Unfall oder eine Kneipenschlägerei hinter dem Unglück. Doch nach der Leichenschau steht fest: Fischer – der selbsternannte freie Journalist – wurde vor seinem Tod gefoltert. Wem war Fischer mit seinen Recherchen zu nahe gekommen?

Das Neueste aus der Gmeiner-Bibliothek

Unsere Lesermagazine

Bestellen Sie das kostenlose KrimiJournal in Ihrer Buchhandlung oder unter www.gmeiner-verlag.de

Informieren Sie sich ...

www ... auf unserer Homepage:
www.gmeiner-verlag.de

@ ... über unseren Newsletter:
Melden Sie sich für unseren Newsletter an unter www.gmeiner-verlag.de/newsletter

f ... werden Sie Fan auf Facebook:
www.facebook.com/gmeiner.verlag

Mitmachen und gewinnen!

Schicken Sie uns Ihre Meinung zu unseren Büchern per Mail an gewinnspiel@gmeiner-verlag.de und nehmen Sie automatisch an unserem Jahresgewinnspiel mit »mörderisch guten« Preisen teil!

GMEINER SPANNUNG

WWW.GMEINER-VERLAG.
Wir machen's spanne